전생자 5

초판 1쇄 인쇄 2018년 7월 19일
초판 1쇄 발행 2018년 8월 1일

지은이 나민채
발행인 오영배
기획 박성인
책임편집 김다슬
일러스트 eunae
디자인 권지연
제작 조하늬

펴낸곳 (주)삼양출판사 · 드림북스
주소 서울시 강북구 도봉로 173
대표 전화 02-980-2112 팩스 02-983-0660
편집부 전화 02-980-2116 팩스 02-983-8201
블로그 blog.naver.com/dreambookss
출판등록 1999년 3월 11일 제9-00046호

ISBN 979-11-283-9415-7 (04810) / 979-11-283-9410-2 (세트)

드림북스는 (주)삼양출판사의 판타지 · 무협 문학 브랜드입니다.

목차

Chapter 1.

　석상들을 제거해 놓지 않고서는 보스전에서 이것들 전부와 마주치게 될 것이다. 이번 보스전은 그런 양상을 띨 것이다.

　　[역경자 지속 시간: 0시 9분 30초]

　빠지직. 빠지직—
　완숙한 단계가 아니라 팔 주위로도 푸른 뇌력이 튀어 대고 있으나, 여기까지가 내가 낼 수 있는 최대의 파괴력이다.
　주먹을 던지듯 뻗었다.

푸른 뇌력들을 흩뿌리며 공간을 쇄도했다. 그렇게 석상에 부딪치는 순간.

쾅!

주먹 끝에서 묵중한 타격이 밀려와 팔을 타고 흉부까지 전달됐다.

주먹이 부딪친 지점부터 균열이 일었다. 석상 상부를 향해 빠르게 올라가는 균열선 또한 뚜렷했다.

석상 파편들이 일제히 떨어져 나오기 시작했다.

역시나 이 석상 안에도 중체 그라프가 잠들어 있었다. 하지만 여기 통로에는 녀석이 활개 칠 수 있는 공간이 없었다.

애초부터 여기 통로는 놈 같은 것들이 기어 다니라고 만들어진 곳이 아니기 때문이다. 강제로 깨어난 녀석은 통로 위로 무겁게 기울었다.

쾅!

대가리가 반대편 벽에 부딪치는 걸 시작으로, 녀석은 많이도 움직여 댔다. 아무리 꿈틀거려 본들 움직일 공간이 제대로 만들어질 리는 없었다.

구겨진 몸이 펴질 때마다 머리를 통로 안쪽에, 꼬리를 입구 쪽에 두는 식으로 자리를 잡아 갔다.

녀석에게 문제는 지나치게 큰 신장 외에도 너비 또한 넓다는 데 있었다.

결국 녀석은 쭉 뻗어 늘어진 채로 통로에 껴 버린 식이
되었다.

다리들도 벽과 바닥에 끼어서 위협적인 움직임을 내지
못했다.

내가 제 등껍질 위로 올라탔어도 당황한 더듬이만 허우
적대는 게 전부였다.

녀석의 대가리까지 뛰어가 주먹을 내리쳤다. 비록 껍질
이 깨지지는 않았으나 충격은 분명히 있었다.

녀석의 행동이 순간 멎었고, 나는 녀석의 목 마디 사이로
단검을 쑤셔 넣을 수 있었다.

[광대의 단검이 발동 하였습니다.]

어떤 부정 효과가 떴는지는 메시지로 뜨지 않는다.

그러나 알 수 있었다. 단검이 빠져나오며 만든 상처를 중
심으로 얼어붙기 시작하더니, 대가리 전체가 빠르게 굳어
버렸으니까.

그것은 빙결이었다. 주변에 있는 것만으로도 한기가 느
껴질 정도였다.

두 번째 주먹질!

[중체 그라프를 처치 하였습니다.]
[6 포인트를 분배 받았습니다.]

녀석의 대가리가 유리 깨지듯 산산조각 났다. 얼어붙지 않았던 부분, 대가리 이하의 움직임이 또한 멎어 버린 때였다.

[역경자 지속 시간: 0시 9분 17초]

중체 그라프 한 마리를 석상에서 꺼내 해치우기까지 걸린 시간은 13초.

석상의 개수는 총 26개. 보스 몬스터를 처치해야 할 시간도 계산에 넣어 둬야 했기에 시간이 아슬아슬해 보였다.

똑같은 작업을 6번 반복했을 때.

시체들이 겹겹이 깔린 높이만 3미터를 육박했다.

그때부터 새롭게 깨어난 녀석들은 통로 위로 자리를 잡지도 못했다.

하반부가 동족의 시체 사이에 껴서는 구부정한 자세로 바둥대다가, 대가리 쪽부터 늘어트리기 일쑤였다.

그런 녀석들을 해치우는 일은 식은 죽 먹기와 다름없었다. 올라타서 더듬이를 뽑아내고 대가리 껍질을 까 내면 될 뿐이니까.

중체 그라프들의 시체는 말 그대로 산처럼 쌓여 나갔다. 우연희는 차례대로 비탈진 시체들을 올라타며 따라오는 중이다.

어느 순간.

나는 석상의 밑동이 아니라, 석상의 머리 부분을 깨 나가고 있었다. 그렇게 마지막 녀석의 대가리도 박살 났다.

그때였다.

발치 아래로 기척이 느껴졌던 그때.

"기에에엑―"

통로 전체를 울리는 괴성이 나타났다.

고막이 날카로운 꼬챙이에 꿰뚫린 것만 같은 통증이 일었다.

두 눈을 부릅떴을 때는 이미 시산(屍山) 아래로 구르고 있었다. 급하게 손을 뻗어 봤지만 걸리는 게 없었다.

상하가 쉼 없이 반전되고 있었다. 그러는 와중에 멀리 보이는 그놈은, 보스 구역에서 근엄한 제왕처럼 우리를 기다리고 있어야 할 놈이었다.

놈은 중체 그라프처럼 거대하지도 않다. 우리네와 비슷한 신장에 두 다리로 걷듯이, 전반적인 외형 또한 인간과 무척 흡사하다.

어디까지나 멀리서 볼 때에야 그렇지.

가까이에서는 저놈만큼 흉한 얼굴이 또 없을 것이다. 여섯 개의 눈동자가 박혀 있을 것이며 또 이빨들은 추악스럽게 뾰족하기만 할 것이다.

처음 보는 자들은 그 흉측한 얼굴에 치를 떤다. 꿈에서도 보기 싫은 얼굴이라고.

"우연희!"

[우연희가 육체 치료를 시전 하였습니다.]

그래도 균형 감각이 돌아오지 않았다. 치료 효과가 복부의 자상 쪽으로 쏠린 듯했다.

한편 놈은 내 쪽으로 접근할 생각이 없어 보였다.

나타난 저 끝에 우두커니 서서 괴성만 질러 댈 뿐이다.

그러나 녀석의 부름에 응답할 자식들은 하나도 남아 있는 게 없었다.

나타날 거면 진작 나타났어야지! 멍청한 자식.

"큭큭……."

[데비의 칼이 시바의 칼로 변환 되었습니다.]
[시바의 칼을 시전 하였습니다.]

파괴의 기운이 담겨 있는 무형 칼날.

시바의 칼이 쏜살같이 튕겨져 나갔다.

그런데.

어?

궤도가 틀렸다.

내가 균형을 제대로 잡고 일어나질 못하고 있는 것에 영향을 받았는지, 시바의 칼이 궤도를 이탈한 것이다. 빠르게 기울다 마침내 놈의 머리 높은 곳을 지나쳐 버린다.

콰아아앙!

멀리서 굴이 무너지는 소리가 났다. 그것이 신호탄이 되었을까. 놈이 나를 향해 뛰어오기 시작했다. 마음이 짓뭉개진 저 괴물은 온몸으로 원한을 분출하고 있었다.

찰나에 섬뜩해질 만큼 괴기한 광경이었다. 거리가 한 폭씩 좁아질 때마다, 녀석의 몸에서 긴 다리들이 자랐다.

점성을 띠는 액체가 다리들 끝에서 분비됐다. 그것들은 하나로 뭉쳤다. 마치 사냥감을 포획하기 위해 던진 그물 같이 날아들었다.

옆으로 몸을 구르자.

치이익.

뭔가가 부식되는 소리와 함께 타들어 가는 냄새 또한 일었다.

그때 녀석은 바로 앞까지 와 있었다. 여섯 개 눈깔이 나를 내려다보고 있었다.

녀석은 나를 해치울 수 있다고 생각했던 모양이다. 그러니까 접근한 것인데 그게 녀석의 치명적인 실수였다.

녀석의 몸에서 돋아나 있던 다리들이 뒤로 크게 꺾였다가, 일제히 나를 향해 찔러 들어왔다.

내 몸에 제 다리 숫자만큼의 구멍을 낼 생각이었을 것이다.

그러나 어느 것 하나 내게 닿지 못하고 나가떨어졌다. E등급으로 향상된 스킬, 지진파 때문이었다.

[지진파를 시전 하였습니다.]

일대가 크게 울렸다. 천장에서 흙 부스러기들이 떨어져 내렸다.

그때 나는 일어나는 데 성공했다. 비록 세상이 아무렇게나 흔들려 대는 듯하지만, 놈을 향해 우직하게 걸어 나가는 중이었다. 놈도 다급하게 일어나서 내게 달려들었다.

[화염의 반지를 사용 하였습니다.]

놈이 불덩이를 막기 위해 제 다리들로 얼굴을 감쌌을 때.

나 또한 불덩이와 함께 놈을 향해 몸을 던졌다. 불덩이가 작은 불꽃들로 깨지며 사라지는 사이로 놈의 얼굴이 보였다.

죽음을 직감한 얼굴이었다.

그랬다.

나는 벌써 놈의 이마에 단검을 박아 넣고는 발로 밀어 차고 있었다.

놈이 멀찌감치 날아가 쓰러졌다. 처치 메시지는 아직 뜨지 않았다.

비틀거려 대지만 한 걸음씩. 놈의 앞까지 걸어갔을 때에도 놈은 여전히 쓰러진 상태에서 나를 올려다보기만 할 뿐이었다.

빠악!

놈의 얼굴을 걷어찼다. 힘을 조절한 덕분에 놈의 얼굴이 박살 나진 않았다. 놈은 완전히 뻗어서 목숨만 달려 있는 상태였다. 다행이지 않은가. 이번에는 애송이가 보상을 먹을 차례니까.

놈을 질질 끌고 우연희에게 다가갔다. 우연희는 어떻게든 가시거리를 유지하겠다는 각오 때문이었는지, 시산 아래에 쓰러져 있었다.

그녀 앞에 놈을 던지며 말했다.

"끝내."

우연희도 균형 감각이 망가졌긴 마찬가지였다. 그러나 나보다 정도가 심해 일어나지도 못했다. 바닥을 기어서 놈의 머리맡까지 이동한 우연희는 양손으로 단검을 거꾸로 쥐었다.

물론 우연희는 한 번의 칼질로 놈의 목숨을 끊어 놓을 순 없었다. 놈의 피부는 꽤 단단했다. 때문에 그녀는 놈의 얼굴을 난자하듯 쉼 없이 찢어발겨야 했다.

[퀘스트 '끝의 구역'의 완료 조건을 충족 하였습니다.
최초와 차순위자를 합의 하에 결정하여 주십시오.]

이윽고 그녀가 나를 올려다보며 제일 먼저 꺼낸 말은 다른 게 아니었다. 나 역시 시스템에게 한마디 뇌까려 주자 어김없는 메시지가 떠올랐다.

[퀘스트 '끝의 구역'을 완료 하였습니다.]
[1500 포인트를 획득 하였습니다.]
[최초 완료 보상으로 '골드 박스'를 획득 하였습니다.]

[모든 퀘스트를 완료 하였습니다.]

[1500 포인트를 획득 하였습니다.]

[최초 완료 보상으로 '골드 박스'를 획득 하였습니다.]

마침내 전리품 수확의 시간이 도래했다!

[골드 박스가 개봉 됩니다.]

*   *   *

[감각이 37 상승 하였습니다.]

감각의 등급 업까지 남은 수치가 37이었기에 상승폭도 거기에서 멈췄다.

운발이 붙는다면 실버 박스에서도 올릴 수 있는 수치.

아쉽긴 하다.

하지만 능력치 종목 하나를 등급 업 시킨 것 자체는 만족스러운 결과라 할 수 있었다.

[감각 등급이 상승 하였습니다. 변동 : F → E]

[업적 '오감 발동'을 달성 하였습니다.]

　[업적 보상으로 특성 '날렵한 자'를 획득 하였습니
다.]

이로써 특성 8개를 다 채우며, 관련 업적이 새롭게 떠올
랐다.

　[업적 '잠재력 폭발'을 달성 하였습니다.]

　[최초 달성 보상으로 특성 '타고난 자'를 획득하였으
나 취소되었습니다.]

　[이미 획득한 특성입니다.]

두 번째 골드 박스 차례였다.

체력. 체력 떠라아아!

　[체력이 50 상승 하였습니다.]

아니, 이걸?!

　[체력 등급이 상승 하였습니다. 변동 : F → E]

　[업적 '피로를 모르는 그대'를 달성 하였습니다.]

[차 순위 달성 보상으로 특성 '재생자'를 획득 하였
습니다.]

[보유할 수 있는 특성을 초과 하였습니다.]

[재생자를 제거 하시겠습니까?]

"제거해."

이게 문제가 아니다. 지금까지 보건대, 모든 능력치를 최
초로 E 등급에 달성했을 때에도 최초 보상이 있을 것이다.

메시지가 사라지는 자리 위로 새로운 메시지가 떠야만
한다!

부디.

[축하합니다! 각성자 최초로 모든 능력치가 E 등급
에 진입 하였습니다.]

[최초 진입 보상으로 '마스터 박스'를 획득 하였습니
다.]

설마 했는데 또 마스터 박스라니! 이 얼마나 엄청난 편애
란 말인가.

시스템이 최초와 차순위에 보내는 편애는 이루 말할 수
없을 정도였다.

마스터 박스는 자그마치 472,500포짜리다.

[마스터 박스가 개봉 됩니다.]

화악—

[아이템 '금강역사의 수호 장갑'을 획득 하였습니다.]

*　　*　　*

우연희는 괜찮았다.

기절해 버렸지만 외관상으로는 화성 던전 때에 비하면 상당히 괜찮았다.

기절해 버린 것도 뇌에 공급될 혈액이 부족하기 때문이지 다른 심각한 부상이 따로 존재해서가 아니었다. 내게서 가져갔던 복부의 자상 또한 완전히 지혈된 상태였다.

그런데도 왜 기절해 버렸냐 하면, 뒤처리를 부탁하며 마리의 손길을 썼기 때문이었다.

이튿날.

그녀의 창백했던 낯빛이 본래대로 돌아왔다.

그녀가 말했다.

"실망했지? 아이템이 나왔어야 했……."

우연희는 다 잡은 보스 몬스터를 그녀에게 인계했던 일을 언급하려 했다.

그러나 차마 말을 다 끝내지 못했다. 그녀가 인상을 찌푸리며 귀부터 틀어막았다.

아니나 다를까, 시작되고 있었다.

감각 등급이 상승하게 되면, 오감이 극도로 확장되는 현상을 겪는다.

빛은 너무도 눈부시고. 동료의 작은 숨소리는 귀에 대고 소리를 지르는 것처럼 들리며. 잡티 하나조차 또렷하게 보이는 데다.

누구도 맡지 못하는 어떤 냄새는 시궁창보다 더한 지독한 악취로 느껴질 만큼 강렬하게 느껴진다.

그녀가 부쩍 괴로워진 눈빛으로 나를 바라보았다.

하지만 내가 해 줄 수 있는 건 아무것도 없다.

"말했었지. 확장된 감각이 가라앉는 시간은 사람마다 다 다르다. 최소가 일주일. 한 달이 넘게 갈 수도 있는 일이지."

나도 더 이상은 죽치고 앉아 있을 이유가 없었다. 우연희가 깨어났다.

"가려고?"

반사적인 외침이 나왔다.

"내가 곁에 있어 봤자 더 악화될 뿐이야. 넌 지금 혼자 있어야 해."

"곁에 있어 줘."

그건 우연희가 몰라서 하는 소리였다.

"남은 식량들은 냉장고에 넣어 놨어. 커튼은 열지 말고 불도 켜지 마."

"진짜 가려고?"

그렇게 말하는 동안에도 우연희의 얼굴은 몇 번이나 구겨졌다. 내 목소리에 더불어 자신이 내뱉은 목소리까지 웅웅 울려 대고 있을 거다.

모르긴 몰라도, 내 체취까지도 고약하게 느껴질 것이다.

나는 우연희를 안심시키며 말했다.

"거봐. 내가 곁에 없는 편이 더 도움이 된다니까 그러네. 괜찮아졌다 싶으면 연락해."

"선후야……."

"잘 견뎌 내라. 우연희."

애송이, 너는 네가 생각했던 것보다 대단한 존재가 될 거다.

그 말을 삼키며 병실에서 나섰다.

우연희는 보스전 퀘스트와 모든 퀘스트 완료로 받은 골

드 박스 두 개에서 감각을 연달아 띄우며 감각을 한 등급 상승시킬 수 있었다.

그것만으로도 큰 성취지만 진짜 성취는 따로 있었다.

그녀에게 다 잡은 보스 몬스터를 넘겨준 것으로, 그녀가 얻게 된 박스들에서 말이다.

우연희가 보스 몬스터 처치와 던전 파괴 조건을 각성자 차순위로 달성하며 얻은 것은, 자그마치 첼린저 박스와 마스터 박스였다.

그녀의 말처럼 실망이 컸던 것은 사실이었다.

내게 인계가 가능한 아이템과 인장이 나오길 바랐으니까.

하지만 그런 실망이 무색하게도!

그녀는 보유 중이던 스킬, 환희의 초 상위 버전 격인 발데르의 정숙을 마스터 박스에서 띄웠다.

게다가 이어진 첼린저 박스에서 무려, 이악(二惡)의 스킬을 띄워 버렸다.

이지스의 시선.

정신계 딜링 스킬 중에서는 최고봉이라 일컬어졌던 것이다.

대상의 정신을 지배할 수 있는 스킬은 비단 그 스킬만이 아니었다.

그것 외에도 여러 개가 있으나, 이지스의 시선이 특히나 두려웠던 이유는 대상의 정신을 조작하는 일 또한 가능했기 때문이었다.

그건 거의 신의 영역이다.

그래서 누구든 이악을 피해 다녔다.

우연희가 이지스의 시선을 S급까지 성장시킬 수만 있다면, 이악이 차지했던 절대적 악명은 그녀의 것이 될 수도 있었다.

물론 우연희는 이악처럼 악한 성품의 소유자가 아니긴 하다.

그러나 훗날.

시작의 장을 겪으며 여러 인간 군상들의 추악한 면을 겪게 된다면 어떻게 변하게 될지는 아무도 모르는 일이었다.

때문에.

애송이를 제대로 육성시키고.

훗날까지 같은 곳을 보며 함께 달려가기 위해선, 전제 조건이 하나 생겼다.

금강역사의 수호 장갑이 없더라도, 그녀를 압도할 수 있는 순 능력을 항시 유지해야 한다는 것!

인간관계가 로맨스 영화처럼 달콤하기만 하다면 얼마나 좋겠냐마는 내가 살았던 세상에서 인간관계란 배신과 투쟁의 연속이었다.

시작의 장이 예정되어 있는 이상, 그러한 미래만큼은 나도 어쩔 수 없는 일이다.

*　　　*　　　*

던전 공략이 예정보다 빠르게 끝났다. 시간에 여유가 생겼다.

탈주의 인장이 아직 남아 있는 데다가 F급 던전이라면 이제 나 혼자서도 가능하다는 계산이 섰다. 그러니 지체할 이유가 없었다.

그러나 강릉의 던전은 장벽과 위장물이 완공되려면 아직 멀었다.

북미로 장소를 옮겨 인간 장벽을 세워 놓는 걸로 시간을 활용하기로 했다. 다만 그곳 일대는 아직 매입해 두지 않았다. 가는 길에 급하게 추진해야 할 일.

물론 이렇듯 서둘러서 진행하고 있는 건 나답지 않은 방식이긴 했다. 인정해야 할 일이었다. 애송이의 성장세에 자극을 받고 있었다.

〈 결제는 창구에서 카드로 하겠습니다. 예약만 잡아 주십시오. 〉

〈 네. 항상 우리 코리아 항공을 애용해 주셔서 감사합니다. 고객님. 〉

핸드폰을 끊으며 사무실 안으로 들어갔다.

금고 안에 담겨 있는 통장은 마지막으로 확인했을 때와 조금도 다르지 않았다. 소중한 나의 부적은 오늘도 안전하다.

여권을 챙긴 자리에 광대의 단검과 보호 장갑을 집어넣었다.

광대의 단검은 세관에서 걸릴 물건인 반면에, 보호 장갑은 금강역사의 수호 장갑을 획득하면서 쓸모없어진 아이템이었다.

비단 보호 장갑뿐만이 아니라, 예민한 자들의 배지도 비슷한 처지.

본 감각이 E 등급으로 상승했기 때문에 F 등급의 배지로는 더 이상 예전 같은 효과를 낼 수 없다.

마지막으로.

혹시나 싶어서 시험해 봤으나 역시나였다.

[예민한 자들의 배지를 사용할 수 없습니다.]

[사용자의 능력에 비해, 아이템 등급이 낮습니다.]

마침 창밖이 어두워졌을 때였다. 강화의 인장을 쓰기엔 제격인 시간대였다.

하지만 망설여진다.

예민한 자들의 배지는 광대의 단검과는 의미가 달랐다.

착용하고 있는 것만으로도 감각을 한 등급 상승시켜 주기 때문에 애송이 시절에는 최고의 아이템 중 하나로 손꼽혔다.

무턱대고 강화를 시도해 보기에는 가치가 상당한 아이템이다.

효과가 좋은 아이템일수록, 등급이 높아질수록 강화 실패 확률이 높아지기 때문이었다. 그래서 오랫동안 고민했다.

언젠가는 우연희 외에도 다른 애송이들을 파티에 넣어야 할 때가 분명히 올 것인데, 그때를 위해 남겨 둬야 하는지.

다시 쓸 수 있도록 강화에 도전해야 하는지…….

본 시대였다면 고민할 것도 없었다. 마켓에 팔거나 필요한 인장과 교환했을 테니까.

그때도 배지는 크림을 핥으며 이쪽을 응시하는 고양이처럼 나를 유혹하고 있었다. 어서 나를 강화시켜 봐, 빨리 말이야.

그런 식으로.

좋다.

가 보는 거다!

이게 성공하면 감각 등급을 D급까지, 역경자를 터트리면 C급까지 끌어올릴 수 있을 것이다. 던전 공략은 더욱 수월해질 테고.

[인장 '강화' 를 사용 하였습니다.]
[강화 하시겠습니까?]
[대상: 예민한 자들의 배지]

가자!

[인장 '강화' 가 제거 되었습니다.]

F 등급 인장 특유의 빛이 나타났다.

그 구리빛 빛무리가 애간장을 태우기 시작했다. 이제 내가 할 수 있는 일이라곤 배지를 노려보는 일밖에 남지 않았다. 다시 되돌릴 수 없는 일이다.

성공이냐! 실패냐!

[강화에 실패 하였습니다.]

젠장…….

나도 모르게 배지가 올려진 손을 있는 힘껏 주먹 쥐었다.

그런다고 시스템의 악랄한 손길이 미치지 않을 리 없겠으나, 본능 같은 것이었다. 역시 그냥 놔둬야 했던 것일까.

그런데 손아귀에 파묻힌 작은 금속의 촉감이 여전했다.

배지가 사라지지 않는다.

대신 한 줄의 메시지가 멋지게 떠올랐다.

[수집자가 발동 하였습니다.]

그래. 이거지!

끝내주는 타이밍 아닌가.

수집자 특성이 발동했다고 해서 실패 리스크를 전부 없애 주는 건 아니지만 어느 정도 영향이 있던 것이다. 그러니까 메시지가 뜬 것일 터.

"후!"

오랫동안 참고 있던 숨이 한 번에 토해져 나왔다. 예민한 자들의 배지는 날려 버리기엔 너무나 아까운 아이템이다.

그러니 이 배지를 잃어버린 일악 놈의 심정은 어땠을까?

배지를 금고 안에 넣은 뒤에 컴퓨터로 자리를 옮겼다.

떠나기 전 볼일이 남아 있었다.

이메일 함에는 던전을 공략하는 동안 확인하지 못했던 이메일들이 가득했다.

조나단과 질리언 그리고 제시카와 제이미가 보내온 결산 자료 외에도 조세 포탈 대행업체와 보안 훈련 및 무장 공인 제공 업체에서 온 메일들.

존 클락의 보고서도 주 간격으로 두 통 들어와 있었는데 일악 놈의 행방을 텍사스 안까지 좁혔다는 내용이었다.

보내야 할 회신들은 몇 분으로 끝낼 수 있는 작업이 아니었다. 진행 혹은 불가 정도의 간략한 결재를 내릴 뿐이나, 그러한 결재를 하기까지 살펴야 되는 자료의 양이 방대했다.

일단 노트북으로 자료들을 옮긴 다음 공항으로 향했다.

도중에 존 클락에게 연락하는 것도 빼놓지 않았다.

〈 지금 뉴욕으로 들어갑니다. 〉

〈 ……고양이 사냥입니까? 〉

〈 아닙니다. 당신은 고양이 사냥에 집중하고, 보안 레벨 1급에 해당하는 전투 요원들을 공항에 준비시켜 놓으십시오. 도착 시간은 다시 통보드리겠습니다. 〉

〈 알겠습니다. 따로 주의해야 할 사항이 있는지요? 〉

〈 주의 사항이랄 건 없습니다만, 요원 편에 2주분의 생존품이 든 전투 배낭을 준비해 두면 좋겠군요. 나이프도 함

께 말입니다.〉

〈 총은 필요 없으십니까? 〉

〈 필요 없습니다. 다시 말해 두죠. 저와 연락이 닿지 않을 때 고양이를 보게 된다면, 제 연락을 기다리지 말고 해야 할 일을 하십시오. 〉

〈 예. 〉

〈 그리고……. 〉

그때 불현듯 든 생각이 하나 있었다. 존 클락의 조직이 완비된 이상 다른 팔악팔선에게도 슬슬 관심을 기울일 때가 된 것 같았다.

팔악팔선은 대개 시작의 날에 세상에 나타났지만, 한 녀석만큼은 아니다.

그 녀석은 이 시절에도 사회적인 명성과 부를 축적해 나가고 있었다. 다른 녀석들과는 달리 녀석의 신상은 확실하다.

본 시대에서 가장 강력한 무력 단체였던 레볼루치온의 주인. 바로, 이선(二善).

당장 노트북을 꺼내 몇 번의 클릭질만으로 녀석이 경영하는 회사의 사이트에 접속할 수 있으며, 녀석의 면상과 함께 인사말까지도 볼 수 있다.

〈 관찰 대상에 한 명이 추가되었습니다. 대상의 신상
은……. 〉

존 클락은 오래전부터 해 왔던 일처럼 자연스럽게 대꾸
해 나갔다.

그에게선 어떤 위화감이 조금도 들지 않았다.

돈 때문에 시작한 일이나 초자연적인 현상을 다루고 조
직을 갖춰 나가면서, 그는 이 미스터리한 이야기에 매료되
어 버렸을지도 모를 일이었다.

어쨌든 그는 한 번도 선을 넘은 바가 없었다. 그게 중요
하다.

*　　　*　　　*

믹은 1급 보안 레벨에 올랐던 날을 한 번도 잊은 적이 없
었다. 그 전까진 본인이 파견될 업체에 대해서 누구도 자세
히 들려주지 않았기 때문에 짐작할 수밖에 없었다. 그래서
IT 신흥 부자들의 경호원 쪽으로 빠지겠구나 싶었다.

왜, 그런 자들이 넘쳐 나지 않던가.

광활한 숲으로 들어와 훈련만 받고 있다 해서 세상과의
모든 연락을 끊어 버린 게 아니다.

믹은 실리콘 밸리에 젊은 부자들이 많이 탄생하고 있다는 것도, 그들을 경호할 인력이 많이 부족하다는 것도 진작부터 들어 왔다.

짐작만으로 계약서에 서명을 했던 이유는 다른 게 아니었다. 연봉이 자그마치 이십만 달러를 넘었다.

일 년 단기가 아니라 최소 오 년짜리.

바로 그런 계약을 고대하며 청춘을 바쳤고 드디어 기회가 온 것이다. 하물며 위험천만한 아프리카나 아랍으로 빠지지 않는 일이라니 고민할 것도 없었다.

믹은 계약서에 서명을 마쳤을 때.

자신의 직위가 3급 보안 레벨이란 걸 그때 처음으로 알게 되었다.

파견 계약을 마무리 지은 후에도 그는 훈련소에 남겨졌다. 어디까지나 그의 소속은 훈련소를 운영하는 화이트워터였기 때문.

파견될 업체에서 부를 때까지는 항상 단련을 해 두는 게 믹의 직무였다.

그러다 어느 날. 훈련소 본관의 호출을 받았다.

어느 업체와 파견 계약을 맺었는지는 훈련생들 간에도 비밀이었다. 사실상 그 자리가 같이 파견될 훈련생들을 처음으로 보는 자리였다.

훈련 성적이 상위권에 드는 훈련생들로만 구성돼 있었다.

그래서 믹은 거기에 속한 자신이 자랑스러웠다.

훈련생들 사이에서도 특수 부대 출신들은 경외의 대상이었는데, 그들이 자신의 동료가 되는 것이었다.

모두 다 본인들의 처우가 궁금하기는 마찬가지인지라. 믹은 파견 업체로 향하는 차량 안에서 정보를 교환할 수 있었다. 모두들 믹과 같은 3급 보안 레벨이었다.

그런데 지금껏 생각해 왔던, 신흥 부자들을 경호하는 일은 아닌 것 같았다. 그러기에는 파견 업체에서 나온 인솔자의 분위기가 남달랐다. 검은 정장에 선글라스를 낀 그는 〈터미네이터 2〉의 T—1000과 같은 분위기를 풍겼다. 실제로 감정을 보이지 않는 사내였다.

농담 삼아서 옛 영화를 언급할 분위기가 아니었기에 믹은 가만히 있었다.

"저런 자들을 알고 있지. 랭리에서 일하는 자들이 저래. 현장에서 뛰는 자들이."

이름은 폴. 그린베레에서 불명예 제대를 한 자였다. 그가 믹에게 속삭였다.

랭리? CIA 말인가? 믹이 놀란 눈을 떴다.

"우리들, 정부와 계약을 맺은 거야?"

"그렇다면 어쩔 건데? 물리기라도 할 거야? 큭."

폴은 상관없다는 투였다. 폴의 말이 계속 이어졌다.

"내 장담하는데 아프리카로 가는 것보단 훨씬 유리한 계약이었어."

믹은 수긍했다. 어쨌든 다이아몬드 광산을 지키다가 반군들의 총에 맞을 일도. 정부군과 함께 유전 지대에서 교전을 벌일 일도. 소말리아의 해적을 소탕하러 갈 일도 없었다.

인솔자가 처음으로 말문을 뗀 건 이틀 후였다. 애리조나의 어느 모텔에 인원들을 투숙시키면서였다.

"지금부터 신분을 추정할 수 있는 물품들을 반납한다."

말이 반납이지 강제 사항이었다.

애리조나의 모텔에는 먼저 들어온 파견 업체의 사람들이 있었다. 그들도 군사 훈련을 받은 자들이 분명했다. 근육질 체구는 물론 움직임이며 풍기는 분위기까지, 모든 게 일치했다.

"신규 요원들은 2급 요원들의 통제에 따라 주길 바란다. 반납하면서 들어라. 너희들에게 바라는 건 두 가지뿐이다. 복명과 비밀 엄수. 이를 따르지 못하겠다는 자는 지금 돌아가도 좋다. 계약은 자동으로 파기될 것이며 교통비도 지급할 테니."

엄중한 분위기에 억눌릴 훈련생들이 아니었으나, 나가는 이는 아무도 없었다.

믹도 마찬가지였다. 어디 가서 이십만 달러짜리 계약을 구한단 말인가. 그 돈은 정말로 위험한 전장에 투입되었을 때에나 받을 수 있는 금액이었다.

그것도 특수 부대 출신들로만.

"우리는 무엇을 하게 됩니까?"

"고양이를 하나 잡는다."

물론 그 고양이가 진짜 고양이가 아니라는 것쯤은 누구나 알 수 있었다.

단순한 코드명일 뿐.

그제야 믹은 감이 잡히는 듯했다. 현상금 사냥꾼(Bounty Hunter) 업체의 규율도 군대만큼이나 엄격하고 보수가 세다고 들었다. 그렇다면 고양이란, 보석금을 갚지 않고 도망쳐 버린 피고인을 부르는 코드명일 가능성이 높았다.

인솔자와 2급 요원들이 나간 뒤.

믹은 동료들에게 제 생각을 말했다. 그러나 경험이 많은 그의 동료들은 믹의 생각에 부정적이었다.

현 업체가 보여 주는 비밀주의를 생각하면 보다 은밀한 기관일 것이라는 게 전반적인 생각들이었다. 조직의 운영 방식이 첩보 기관과 닮아 있다 했다.

역시 큰 보수에는 그만한 대가가 따르는구나, 믹은 그때까지만 해도 그렇게만 생각했다.

다음 날.

믹과 동료들은 다른 장소로 옮겨졌다. 무기를 장전하고 대기하라는 지시가 떨어졌다. 승합차 안에는 근육질의 남자들로 가득했으며 믹도 그중의 한 명이었다.

그러나 상당한 시간이 지나가고 있어도 어떤 임무에도 투입되지 않았다. 그저 대기뿐이었다. 인솔자는 별다른 지시 없이 자리를 비웠다.

그래도 모두가 무장 상태로 대기한 상태였기에 긴장은 오랫동안 유지되고 있었다.

한편 믹은 온갖 생각들로 머리가 복잡했다.

범죄 단체와 계약을 맺은 건 아닐까? 정말 정부의 비밀기관인 걸까? 어쨌든지 간에 발포 후의 법적 문제는 어떤 식으로 처리되는 걸까? 지금에라도 다 포기하고 도망쳐야 하는 건 아닐까?

그런 생각은 비단 자신뿐만이 아니었던지, 믹은 동료들의 얼굴에도 드러나기 시작한 불만을 발견할 수 있었다.

그때 폴이 오랜만에 속삭였다.

"허튼 생각 말아. 늦었어. 이 사람들 허술하지 않다."

"무슨 말이야?"

"반대편에 똑같은 승합차 보이지? 저기에 처리조가 있을 거다. 죽었다 깨도 우리는 한 배를 타고 만 거야."

"엿 됐네."

"진짜 엿 된 건지는 두고 보면 알겠…… 이거 뭐야?"

갑자기 폴의 두 눈이 부릅떠졌다.

쉐엑—

은색 빛깔이 차량 안을 휩쓸며 나타났다.

와!

순간 믹은 너무도 아름다운 광경이라고 생각했다. 바로 두 눈 앞에서 펼쳐지고 있는 광경이지만 믿을 수 없을 만큼 환상적이었다.

그런데 은빛 정령들의 춤사위 같았던 빛무리는 빠르게 사라졌다. 갑자기 나타난 것처럼 갑자기 사라진 것이다.

형형한 색채. 만질 수도 있을 것 같아서 팔을 뻗고 있던 믹이었다. 그러나 빛무리가 사라졌을 때, 믹의 팔은 허공에서 고정된 채로 미동도 없어졌다.

"몸이 안 움직여!"

믹이 소리쳤다. 이 기이한 현상을 겪고 있는 사람은 믹뿐만이 아니었다.

"대체 뭐야!"

"진정들 해!"

"나도 손 하나 까닥할 수 없다고!"

차량 안이 시끄러워졌다.

그때.

승합차 손잡이에서 소리가 났다. 누군가 승합차 문을 열려고 시도하지만, 잠금장치에 걸려 틱틱거리는 소리만 날 뿐이었다. 선팅이 짙은 승합차 유리창이 깨져 버린 것도 그때였다. 불쑥 들어온 손 하나가 잠금장치를 풀더니, 승합차 문이 열렸다.

믹은 물론 그쪽을 바라볼 수 있는 모든 사람들의 시선이 침입자에게 향했다.

침입자는 젊은 사내였다. 후드를 깊게 눌러써서 하관밖에 보이지 않지만, 주름 하나 없는 입가와 차려입은 모양새가 딱 그랬다.

젊은 침입자는 차량 안을 훑어보더니 가장 가까이에 있던 사람의 목을 칼로 그었다. 너무도 무기력한 죽음이었다. 거기에서 움직일 수 있는 자는 침입자가 유일했다. 그리고 그는 결코 선량한 의도로 들어온 게 아니었다.

믹은 말을 잃었다. 눈앞에서 특수 훈련을 받은 요원들이 하나씩 죽어 가는데, 할 수 있는 거라곤 아무것도 없었다. 어떤 공포도 지금만 한 공포가 없었다.

도살되길 기다리는 짐승처럼 눈만 껌벅거리는 게 할 수 있는 전부였으니까. 그 이상 무엇을 하고 싶어도 손 하나 움직이질 않았다.

침입자의 살인 솜씨는 정교하지 않았다. 그래서 더 공포스러운 것이었다.

거친 칼질에 피와 비명이 뛰어 댔다.

"살…… 려 줘."

폴이 빌었다.

그의 차례란 걸 직감했기 때문이었다. 그러나 침입자는 한 손으로 폴의 얼굴을 밀어젖혀서 그의 목이 훤히 드러나게 만들었다. 당연히 거기에 칼이 쑤셔 박혔다 나왔다.

믹의 뺨에 폴의 피가 튀겼다. 그때 믹은 후드 아래로 침입자의 히죽거리는 미소를 발견했다. 침입자는 살인을 즐기고 있었다. 아니, 자신을 쫓던 자들에게 죽음을 선사하는 게 즐거운 것일까?

이제는 믹의 차례였다. 침입자가 몸을 기울이며 믹을 향해 말했다. 세 살배기 아이를 달래듯.

"아깝잖아."

믹은 두 눈을 질끈 감았다. 눈앞에서 번질거리는 칼날을 도무지 똑바로 쳐다볼 수가 없었다.

그런데 대체 뭐가 아깝다는 거지?

믹이 그렇게 생각할 때 총소리가 났다. 눈을 다시 떴을 때에는 도살자의 칼날이 사라져 있었다.

폴이 말했던 건너편 승합차의 처리조가 이쪽의 사태를

알아챈 것이다. 총소리가 연달아 났고 침입자는 달아났다.

그날 믹은 고양이를 목격한 생존자라는 이유 하나만으로 1급 보안 레벨로 승진했다. 더 파격적인 연봉과 함께.

비로소 믹은 알 수 있었다. 어떤 업체에 고용되었으며 그들이 하는 일이 무엇인지, 뼈저리게 말이다.

위험한 고양이가 이 세상에 존재했었다.

끔찍하게 공포스러운 고양이가.

*　　　*　　　*

솔직히 믹은 두려운 마음이 더 컸다.

몇 주가 흘러도 그날의 공포는 온몸에 각인되어서 벗어나기가 힘들었다.

도살자의 처분만 기다렸던 그날, 어떤 초자연적인 현상에 의해서 손가락조차 까딱할 수 없었던 그날은 다시는 겪고 싶지 않은 악몽이었다.

한데 그런 능력을 가진 존재는 고양이뿐만이 아니었다. 고양이를 직접 사냥하고 싶어 하는, 또 다른 고양이가 존재했다. 그가 뉴욕으로 오고 있었다.

믹은 요원들을 대표해 약속 장소에서 기다리는 중이었다.

투벅. 투벅.

믹을 향해 동양계 남성이 걸어왔다. 믹은 순간 고인 침부터 꿀꺽 삼켜 넘기며 자리에서 일어났다. 준비했던 말을 꺼냈다.

"기다리고 있었습니다."

믹은 어쩐지 동양계 사내의 모습에서 위험한 고양이의 모습이 겹쳐 보였다. 동양계 사내가 냉담한 표정으로 그를 보고 있기 때문에 더욱 그랬는지도 모른다.

"혼자입니까?"

"나머지는 차량에서 대기하고 있습니다. 직접 뵙게 돼서 영광입니다."

"성함이?"

"믹입니다."

사내는 예전에 봤던 보고서에서 믹의 이름을 기억해 냈다.

사내가 고개를 끄덕였다.

"긴장하지 않아도 됩니다. 고양이를 잡으러 가는 게 아닙니다."

믹도 그것은 들어서 알고 있었다. 그런데 그와 비슷한 일을 하러 가는 게 아니겠는가.

그래서 열 명이 넘는 일급 요원들이 차출됐고.

Chapter 2.

　동양계 사내는 어느 산을 거래하기 위한 통화를 끝낸 뒤
로 말 한마디도 하지 않고 있었다. 무슨 생각을 하는지 모
르겠는 얼굴로 창밖만 보고 있는 채였다.

　그 순간 믹은 사내가 꽤나 젊다는 것을 깨달았다.

　첫 대면에서는 긴장해서 제대로 볼 수 없었다. 그러나 사
내의 피부는 악몽이 펼쳐졌던 날에 봤던 도살자의 피부만
큼이나 매끄러웠다.

　믹은 1급 보안 레벨로 올라서며 들었던 이야기들을 떠올
렸다. 고양이를 사냥하는 또 다른 고양이에 대한 이야기였
다. 바로 옆에 앉아 있는 동양계 사내 말이다.

직접 겪기 전까진 B급 영화의 스토리 같은 거라 치부했을 것이다.

하지만 불가사의한 능력을 간직한 자들은 실제로 존재했다. 그리고 자신은 그들을 추적하기 위해 고용된 것이었다.

"무슨 할 말이라도?"

문득 사내가 고개를 돌렸다.

"불편하신 점은 없습니까?"

믹이 황급히 대답했다.

"그건 제가 하고 싶은 질문이군요. 믹이 어떤 일을 겪었는지 알고 있습니다. 동료들을 잃었다지요?"

정을 나눈 자들이 아니긴 했다. 그래도 도살자의 투박한 칼질 앞에서 그들이 죽어 가던 모습은 지금도 생생했다. 조금만 늦었다면 자신도 이 자리에 있을 수 없었다.

믹은 담담하게 대답했다.

"우리들 누구나 각오했던 일이었습니다."

"하지만 죽음의 방식이 사뭇 달랐죠. 그들의 허망한 죽음에 대해선 저도 책임을 느끼고 있습니다. 그런데 혹 부정한 일을 하고 있다는 의심은 없습니까?"

"예?"

"아무래도 그렇지 않습니까. 가족들에게 무슨 일을 하고 있는지 떳떳하게 밝힐 수도 없고, 공식적으로도 어디에 속한 곳이 없지요. 그런 요원들이 무장을 갖춰서 대륙을 횡단하고 있습니다. 어떤 지시가 떨어질지 모르는 상태로 말이죠."

차량 안은 몹시 조용했다. 원래부터 조용했지만 더 조용해져 있었다. 모두가 믹과 사내의 대화에 귀를 기울이고 있었다.

사내는 한 마디 덧붙였다.

"우리는 정부를 위해 일하고 있지 않습니다."

"알고 있습니다. 그리고 저는 괜찮습니다. 신경 써 주셔서 감사합니다."

사내가 말했던 처지들, 그러니까 비밀 요원 격인 처지는 이 비밀스러운 기관이 아니더라도 겪을 수 있는 일이었다.

훈련소에는 떠도는 이야기가 많았다.

대부분이 파견 계약을 끝내고 훈련소를 떠나간 자들에 대한 이야기로. 요즘에는 당국의 첩보 기관에서도 돈이 많아 새로운 사람을 뽑아 자체적으로 교육시키기보단, 그냥 필요한 인원을 훈련소에서 고용하는 일이 잦아졌고. 그들과 계약을 맺을 때면 공식적으로는 어떤 소속도 아닌 상태로 위험 지역으로 떠나게 된다고 말이다.

'없다고 부인할 수 있는 사람'이 되는 거다.

이러나저러나 용병이란 게 그런 거다. 보수만 넉넉히 준다면 무슨 일이든 못할까.

"아직까지도 정부를 위해 일하고 있다 여기는 분은 없길 바랍니다."

"그럼 정부에서는 아무것도 모르고 있습니까?"

조수석 쪽에서 나오는 물음이었다.

"그럴 겁니다. 하지만 여러분들은 의미 있는 일을 하고 있는 겁니다."

그것을 끝으로 사내는 이후의 질문을 받지 않겠다는 듯이 다시 창밖으로 시선을 돌렸다.

믹은 기분이 묘했다.

처음에는 사내가 마냥 두렵기만 했다. 그날의 도살자처럼 자신들을 같은 사람이라고 보지 않을 것 같았다. 그러나 가까이 옆에서 본 사내는 의외로 정중한 인사였다.

사전에 듣지 않았다면 믿을 수 없었을 거다. 도살자보다 강한 능력을 보유했으며, 도살자를 제거할 목적으로 쫓는 사람이라는 걸.

그 날 저녁.

목적지에 도착했다. 지도에 나오지 않는 산중까지 들어 갔다. 차량은 안내인을 발견하기만을 기다리며 느릿한 속도로 주행 중이었다.

이윽고 안내인이 밝히고 있는 손전등 불빛이 나타났다. 차량이 안내인 앞에 멈춰 섰다. 사내는 모두에게 기다리라는 말만 남기고선 차에서 내렸다.

그가 산의 주인이 보낸 안내인과 함께 산장으로 떠나자, 숨 막히던 공기가 조금은 풀어지는 듯했다.

"갔어."

한 요원이 창밖을 주시하면서 말했다. 요원 모두는 사내가 산 주인과 나눴던 통화를 들었기에 궁금할 수밖에 없었다.

갑자기 이 일대를 통째로 사겠다니?

요원들의 첫 번째 임무는 사내를 산 주인과의 약속 장소에 데려다주는 것이었다.

"믹. 바로 옆에 앉으니까 어때?"

"뭐가."

"일단은 위험해 보이지 않잖아. 몸이 굳거나 하진 않아?"

"……."

"이빨이 뾰족하거나 머리에 뿔이 나 있진 않아?"

사실 고양이들의 능력을 직접 겪어 본 자는 믹이 유일했다. 나머지는 멀리서 목격하거나, 유능한 특수 부대 출신이라는 이유로 1급 보안 레벨이 부여된 상태였다.

"진심으로 하는 소리야?"

믹은 퉁명스럽게 대꾸했다.

세상은 눈에 보이는 게 다가 아니었다. 볼 수 없는 이면에 누구도 몰랐던 비밀이 존재했다.

믹은 돈도 돈이지만 그런 비밀을 다루는 조직의 일원이 되면서, 자신도 특별한 사람이 된 것 같았다. 말하자면 자신 또한 세상 이면에서 한 귀퉁이를 담당하는 듯했다.

그래서였다.

1급 요원들 중에 아직도 현실을 제대로 파악하지 못한 자들이 있다는 것이 마음에 들지 않았다. 믹은 그런 치들이 조직의 특별한 존재성을 해친다고 여겼다.

"예의들 지켜. 나중에 후회할 일 만들지 말고."

시간이 흐른 후 사내가 돌아왔다. 사내는 산장 안까지 차를 몰도록 지시한 후에, 요원 모두를 산장에 대기시켰다.

"지금부터 여기는 우리 사유지입니다. 올라오는 길목을 통제하고, 2주간 야영할 수 있는 준비를 끝내 두십시오. 빠르면 내일 늦어도 모레까지는 돌아올 겁니다. 그럼."

사내는 그 말만 남기고 산장 밖으로 나갔다. 믹이 급히 따라나섰다.

"제가 운전하겠습니다."

하지만 사내는 차가 필요 없다고 했다.

믹은 사내의 뒷모습을 멍하니 바라보았다.

사내는 아래의 도시가 아니라 더 깊은 산중으로 향하고 있었다.

다들 믹이 겪었던 이야기를 또다시 듣고 싶어 했고, 믹도 그날의 공포를 모두가 절실히 깨닫길 원했다.

믹은 최대한 당시의 일들을 자세히 묘사하고자 노력했다.

그 때문이었다.

산장의 분위기가 암울해졌다.

그날의 참상이 이 깊은 산중에서 또 벌어질 수도 있었기에, 믹의 이야기가 끝난 후부터는 장비를 손질하기 시작했다.

날이 밝고.

또 하루가 지나자 사내가 돌아왔다. 온 산을 헤맨 듯, 사내의 몰골은 말이 아니었다. 사내는 돌아와서 잠부터 잤다.

믹과 요원들은 사내가 일어나는 시점이 바로 임무에 투입되는 시점이란 걸 직감했다.

요원들은 준비 태세를 갖췄다.

황갈색 로열 로빈스 셔츠와 바지로 갈아입고. 고성능 등산화, 하이킹용 배낭과 텐트, 조준기와 권총집. 그리고 자동 소총과 탄창을 챙겼다.

마침내 사내가 일어나면서 열 명 남짓의 대원들이 산을 타기 시작했다.

믹은 사내의 바로 뒤를 따라가며 혀를 내둘렀다. 사내는 가파른 산길을 쉼 없이 오르면서도 지친 기색이 하나 없었다.

따라가기 벅찬 건 비단 믹뿐만이 아니었다. 믹은 하는 수 없이 사내에게 휴식을 요청해야 했다.

작은 폭포수가 시원하게 떨어지는 계곡에 이르렀다.

그제야 사내가 멈춰 섰다. 그 순간 믹은 사내가 긴장하는 게 느껴졌다. 지금껏 표정 변화 하나 없던 사내의 얼굴에 힘이 들어가 있었다.

'왜지?'

믹이 요원들에게 수신호를 보냈다. 그들이 엄폐물을 찾아 주변을 빠르게 훑어보고 있을 때 일대의 지면에서 진동이 느껴졌다.

드드드─

그때였다.

믹의 두 눈앞에 놀라운 광경이 펼쳐졌다. 믹은 두 눈을 빠르게 깜박거렸다. 바닥에서 샘솟아 나온 푸른빛이 너무도 환상적이었다.

그러나 어떻게 잊겠는가. 저것과 비슷한 초자연적인 아름다운 빛이 번졌을 때 무슨 일이 일어났었는지!

모두가 눈앞의 광경에 매료되어 있던 그 순간, 믹만큼은 등골이 오싹해졌다.

빛무리는 너무도 아름다워 누구나 현혹되기 마땅하나, 그 아름다움 속에는 선한 것이 내포되어 있지 않았다. 오히려 몹시 위험한 것이 깃들어 있다.

'이번에는 그냥 당하지 않아. 올 테면 와 봐. 아주 벌집을 만들어 주겠어…….'

믹의 심장은 폭발할 지경이었다. 그러나 다행히 예전과는 달리 몸이 움직였다. 빛무리가 뻗어 나오는 방향을 향해 소총을 겨눴다.

그때 믹은 사내와 눈이 마주쳤다.

사내가 믹에게 다가와 그의 어깨를 살짝 두드리며 모두를 향해 말했다.

"여러분들이 해야 할 일은 여기를 지키는 겁니다. 누구도 접근하지 못하게, 누구도 여기를 볼 수 없게!"

믹은 사내의 시선을 따라갔다. 어느덧 빛무리는 사라지고 지면에는 푸른 막이 형성되어 있었다. 그리고 그 막 아래로는 난데없는 계단이 보였다.

지하로 내려가는.

"죽고 싶어서 환장한 사람은 없을 겁니다."

사내가 계속 말했다.

"저곳은 누구도 살아 나갈 수 없는 무덤입니다. 호기심 따윈 가지지 말고 하나뿐인 목숨을 소중히 여기길."

배낭을 챙긴 사내는 믹을 따로 불렀다. 믹이 이를 악물며 사내 앞에 섰다.

"믹만큼은 사태의 심각성을 잘 알고 있는 것 같군요. 내가 돌아올 때까지 여기를 잘 부탁하겠습니다."

"얼…… 얼마나 걸리십니까."

"2주 안에는 돌아올 겁니다. 어떻게든."

사내는 푸른 막이 펼쳐진 곳으로 걸어 나갔다.

* * *

믹과 요원들은 세 팀으로 나뉘었다.

한 팀은 초입부터 혹 있을 민간의 통행을 차단하고, 한 팀은 주변을 순찰하며, 다른 한 팀은 야영지에 주둔했다.

얼핏 보면 대마 재배지를 지키는 모양새지만 고작 대마 따위 때문에 완전 무장 상태로 삼엄한 경계를 유지하고 있는 게 아니었다.

사내가 말했던 2주에 조금 못 미치던 날은 믹이 야영지에 주둔할 차례였다.

믹이 순찰을 마치며 돌아왔다.

그런데 야영지의 분위기가 이상했다.

"무슨 일이야?"

"한 번도 들어 본 적이 없던 괴상한 소리였어."

"무슨 말을 하고 있는 거야?"

"저기에서 들렸다고. 다 같이 들었어."

요원은 보지 말아야 할 끔찍한 것을 본 것 같은 표정이었
다.

"들어가 봐야 하는 거 아냐? 젠장. 대체 저 안에서는 무
슨 일이 벌어지고 있는 거지."

믹은 초현실적인 경계를 향해 발걸음을 옮겼다. 상당히
접근했어도 동료가 말했던 괴상한 소리는 들리지 않았다.

그런데.

"크르르라악!"

진짜였다.

크진 않지만 들렸다. 아주 먼 곳부터 시작된 어떤 울음소
리였다.

믹은 그렇게 끔찍한 소리는 난생처음이었다. 영혼을 긁
어 대는 소리 같았다.

본래 주둔지에 있던 인원에, 교대하기 위해 들어온 인원
들까지 합쳐서 여섯이 막 주위로 모였다. 그들은 총부리를
막을 향해 겨눴다.

계단 아래를 뚫어져라 쳐다보고 있는 모두의 얼굴에 불
안감이 기어들었다. 곧 무슨 일이 터지고 말 것이다. 누구
는 십자가 목걸이를 빠르게 매만지고, 누구는 나지막하게

욕지기를 뱉었다.

극도의 긴장감 속에서 시간이 어떻게 흐르고 있는지 감도 잡히지 않았다.

그러던 믹의 시선 안으로 형체 하나가 잡혔다. 믹이 소리쳤다.

"쏘지 마!"

사내였다.

여기까지 자신들을 몰고 온 그 사내. 그가 계단을 올라오고 있었다.

사내가 계단 밖으로 빠져나와 지면으로 올라왔다.

그는 머리끝부터 발끝까지 온통 피투성이였다. 얼마나 많은 피를 달고 왔는지 머리칼이며 팔이며 옷이며, 어디에서든 핏물이 떨어지고 있었다.

모두는 사내에게서 도망치다시피 거리를 벌렸다. 피 냄새 이상의 지독한 악취 때문만이 아니라, 사내의 서슬 퍼런 눈빛 때문이었다.

믹의 입술이 바들바들 떨렸다. 무슨 말을 꺼내야 할 것 같은데 말이 나오지 않았다.

들어갔을 때의 그 사내가 정말 맞긴 한 것인지, 눈빛부터가 터무니없었다. 믹은 사내와 눈이 마주쳤을 때 정말로 몸이 굳어 버린 듯했다.

사내의 눈빛이 너무나 낯설고 매서웠다. 그 눈빛이 주변을 훑고 지나갔다.

　믹 그리고 모두는 포식자 앞에 발가벗겨진 채로 놓인 것만 같은 기분에 휩싸였다.

*　　*　　*

　[던전이 파괴 되었습니다.]

　던전이 매몰되고 있어도 요원들의 시선은 내게서 떠나질 않았다. 하나같이 뻣뻣해져서는 얼빠진 얼굴들이었다.

　처절했던 보스전을 막 끝낸 터라 말도 꺼내기 싫었다.

　휙 저은 손짓에 모두 꺼지라는 뜻을 담았다.

　"내, 내려…… 가라는 겁니까? 치료가 필요해 보이십니다."

　그렇게 되묻는 믹을 빤히 쳐다보았다. 비로소 그는 깨달은 것 같았다.

　"산장으로 가 있겠습니다. 부르시면 바로 달려오겠습니다."

　믹은 무전기를 땅에 내려놓았다.

　나를 자극하지 않기 위해서 매우 조심스럽게 말이다.

모두가 믹과 같았다.

당장 등을 돌려 뛰지 않고 천천히 거리를 벌리다가, 적당히 거리가 멀어졌을 때야 속도를 높였다.

그때는 역경자가 꺼지기까지 2분가량이 남았을 때였다.

이번에는 부상 전부를 떠안을 애송이가 곁에 없었다. 문득 그녀가 감각 확장 현상을 잘 극복했는지 궁금해졌다.

당시로부터 열흘이 조금 넘게 흘렀으니, 어쩌면 나를 찾고 있을 수도 있었다.

어쨌든 지금은 내가 요양할 차례였다. 야영 천막 안에는 갓 지은 병동처럼 안락한 침대에 최신식 의료 설비가 갖춰지지는 않았지만 응급 치료 물품쯤은 구비되어 있었다.

빠르게 피를 지웠다.

살점이 떨어져 나간 부위에 붕대를 둘렀다.

피로 더럽혀진 넝마 또한 누군가 벗어 놓은 의복으로 대체했다.

그러고 나자 헛웃음이 나왔다. 텐트 안, 아주 약한 볼륨으로 켜져 있는 라디오 소리 때문에라도 돌아온 게 실감이 들었다.

던전을 홀로 공략해 버리다니.

더욱이 이번 경우에는 보스전의 공략법을 간파하지 못했다.

익숙지 않은 녀석들의 영역이었다. 설계된 그대로의 보스전을 수행해야만 했다.

금강역사의 수호 장갑이 없었더라면 심각하게 고민했을 것이다.

공략을 포기해야 할지.

하지만 금강역사의 수호 장갑은 과연 마스터 박스에서 나온 물건다웠다. 보스 몬스터의 마법에도 영향을 받지 않았으며 피해 흡수량이 굉장했었다.

[역경자 지속 시간: 0시 0분 5초]

슬슬 준비할 시간이다. 곧 고통이 나를 집어삼킬 것이다.

그러나 기꺼운 마음으로 받아들일 수 있으리라. 비록 보스전 과정에서 아이템 한 개가 부서져 버렸다고 해도 말이다.

*　　　　*　　　　*

역경자 재사용 시간이 충전되기까지 나흘이 남은 날이었다. 그러니까 꼬박 삼 일 동안 누워만 있었던 것이다.

보스전에서 부서진 아이템은 화염의 반지였다. 화염 마법 스킬이 깃들어 있는 좋은 아이템이었는데 아쉽다.

보스 몬스터는 금강역사의 수호 장갑을 부숴 놓고 싶었을 테지만, 놈의 능력으로는 차선을 선택해야만 했고 그것이 화염의 반지였다. 그마저도 금강역사의 수호 장갑 덕분에 하나만으로 끝난 거다.

대상의 아이템을 파괴하는 몬스터는 정말 최악이다.

그래도 화염의 반지가 끼워져 있던 손가락에 다른 반지를 대체할 수 있었다.

보스전 완료 보상으로 획득한 아이템. 그림자의 반지에는 은신 스킬이 깃들어 있었고 나도 써 본 적이 있던 아이템이다.

이번 던전에서도 획득한 박스는 총 네 개였다. 실버 박스두 개와 골드 박스 두 개.

말했듯이 골드 박스 하나에서는 D급 아이템인 그림자의 반지가 나왔다. 다른 골드 박스에서는 괴력자 수치 61 획득. 실버 박스에서 체력 수치 2와 지진파 수치 32.

종합하자면.

[체력: E (2)]
[괴력자 : F (66)]
[지진파: F (44)]

그림자의 반지 외에는 만족스러운 보상이 아니다.

체력 수치는 더 높은 수치가 떠야 했고, 괴력자가 좋은 특성이긴 하나 역경자나 데비의 칼 같은 사기급 종목들에 수치가 부여되어야 했다.

또한 지진파는 대체 가능한 상위 스킬이 떴을 때 버려야 할 스킬이었다.

인정할 수밖에.

이번에는 운발이 없었다.

*   *   *

무질서하게 삐죽삐죽 서 있는 나무들을 배경으로 작은 폭포수가 시원한 소리를 내고 있었다. 작은 새들은 몸을 웅크린 채 나뭇가지 위로 조용히 앉아 있었고, 그 위로 햇빛이 쨍했다.

녹음이 우거지는 계절답다는 생각이 들었다. 언젠가 부모님을 모시고 싶은 곳이다.

마침 저 아래로 아늑한 산장이 있어 세상만사를 잠시 잊고 자연인으로 돌아가기에는 이만한 곳도 없어 보였다.

산 주인이었던 사내의 말대로, 한겨울에는 또 다른 운치를 자아낼 곳이다.

계곡에 몸을 씻은 다음.

아름드리 풍경을 등지고 시작했다.

김제 던전에서 누적시킨 포인트에 이번에 획득한 5122 포를 더하면.

[누적 포인트: 8380]

실버 박스 9개 분량.

골드 박스로 3개 분량.

13,500포짜리 플래티넘 박스에는 못 미치는 포인트.

브론즈 박스로는 계산할 필요도 없다. 그것을 계산에 넣어야 할 단계는 지났다.

이미 E급으로 올라 버린 종목만 다섯 개이기 때문.

브론즈 박스에서 해당 종목의 수치가 뜬다면 반영되지 않고 포인트만 날려 버리는 셈이다. 그래서 본 시대의 E 등급 헌터들은 브론즈 박스에 포인트를 소비하는 일이 없었다.

모두 실버 박스로 깐다.

이번에는 운발이 다시 돌아오길!

[실버 박스가 개봉됩니다.]

[감각이 8 상승 하였습니다.]

[근력: E (8)]

시작이 좋다?

[인장 (순간 이동)을 획득 하였습니다.]

바로 이거 때문이었다. 일악 놈이 도망쳤을 때가 생각났다.

놈이 사용했던 인장은 F급이라 이동 거리가 반경 이십 미터였지만 E급의 인장은 100미터까지 확장된다.

사용 횟수가 한 번인 게 아쉬울 따름이다. 운발이 대박 치면 세 번까지도 붙어서 나오는 반면에 대개는 지금처럼 한 번이다.

그런데 놀랍게도…… 순간 이동 효과가 있는 스킬이 따로 존재한다. 첼린저 박스에.

오선(五仙)의 주력 스킬이었다. 녀석 같은 경우엔 본인뿐만 아니라 다른 대상 또한 순간 이동시킬 수 있었다. 사람이든, 사물이든.

꼭 가지고 싶은 스킬이다.

예전에는 꿈에서도 바랄 수 없는 것이었지만 이제는 엿볼 수 있다.

새로운 첼린저 박스를.

다시 언젠가는.

　[개안이 28 상승 하였습니다.]

　[개안: F (28)]

　개안은 지진파 같은 것들과는 다르게 절대 버려서는 안
될 스킬이다.

　그래서 스킬 여덟 자리 중 한 자리를 무조건 먹고 들어간
다.

　던전의 어둠을 밝히는 건 기초적인 F급 단계의 효과일
뿐. 은신을 비롯한 상대의 스킬과 그런 몬스터를 간파하거
나, 등급 높은 함정을 밝히고 퀘스트를 공략하기 위해선 필
수적인 스킬이다.

　그래도 현재로선 능력치 종목과 역경자 등의 S급 잠재력
의 특성과 스킬에 수치가 부여되는 게 좋다.

　다음!

　[감각이 9 상승 하였습니다.]

　[감각: E (17)]

그래 이렇게!

능력치 종목에 붙어야지!

감각 수치를 연달아 8과 9만큼 띄운 걸 보면 운발이 돌아오는 건가.

[감각이 3 상승 하였습니다.]

[감각: E (20)]

또?

모든 능력치 종목이 E 등급으로 올라섰으니, 어느 능력이든 다음 등급을 빨리 뚫는 게 가장 좋은 시나리오이긴 하다.

특히 감각이라면 더할 나위 없다.

본 시대에서도 감각을 위주로 성장했던 만큼 다루는 데 익숙하니까.

그런데 연달아 세 번이나 감각이 뜬 것이 고민에 들게 만든다. 골드 박스를 까 볼까. 아니면 계획대로 실버 박스를 유지해?

골드 박스에서 또 감각이 뜬다면 최대 40까지의 상승 폭을 노려볼 수 있다.

하지만 말이다.

감각이 연달아 네 번 뜰 확률을 계산하면 복권에 당첨될 확률까지 가겠지만.

당장 다음 박스에서 감각이 뜰 확률만 놓고 본다면 계산이 달라진다. 기존에 감각이 연달아 세 번이나 떴던 것은 다음 박스에 영향을 미치지 못한다. 확률은 똑같다.

어쩐지 느낌이 좋다.

또 감각이 뜰 것 같다. 본 시대에서는 무던히도 뒤통수를 맞았었지만, 돌아온 이후부터는 운발이 최상 중에 최상이다.

그러니 느낌이 올 때 가는 거다.

[골드 박스가 개봉 됩니다.]

아이템은 충분하다. 당장은 인장도 필요 없다. 스킬도 다음 던전을 공략하는 데 무리가 없다.

그러니까 무조건 수치다.

능력치 수치.

감각의 상승세를 이어 가도록!

떠라!

[감각이 40 상승 하였습니다.]
[감각: E (60)]

……사실이냐?

*　　　*　　　*

[누적 포인트: 1180]

실버 박스를 한 번 더 깔 수 있는 포인트가 남았지만 거
기서 멈췄다.

어쩐지 운발에도 정해진 양이 있어, 그 총량을 바닥까지
비운 듯한 기분이 들었다.

요원들은 산장 앞뜰에서 신체를 단련하고 있었다.

웃는 소리가 나왔던 자유분방한 분위기도 내가 돌아오면
서 바로 경직됐다.

물어볼 것도 없었다. 이미 그들이 목격했던 바들은 기관
의 임원들, 그러니까 존 클락과 그의 옛 부하들에게 보고를
마쳤을 것이다.

그리고 그 보고는 또 종합되어 내 이메일로 들어오겠지.

부랴부랴 내 앞으로 모여드는 요원들을 돌려보낸 다음
믹만 따로 불렀다.

일악의 습격에서 배운 게 있었던 것일까, 던전을 대하는
자세만큼은 준비된 자의 것이었다. 모두가 환상에 젖던 순

간에 믹은 그곳을 두렵게 바라보았었다.

지금도 그렇다.

내 입이 열리기만을 기다리는 믹의 얼굴에는 두려움이 묵직하게 서려 있었다. 험상궂은 얼굴과는 어울리지 않는 표정이다.

거기에 대고 말했다.

"제대로 된 식사를 하고 싶군요. 준비해 줄 수 있습니까?"

딱딱했던 얼굴을 풀며 벤치에 앉았다.

"어떤 요리로 준비할까요?"

"스테이크. 시원한 콜라도 있다면."

"예."

음식을 기다리며 요원들을 바라보았다.

그들은 내가 돌아오면서 중단됐던 맨몸 운동을 이어 가고 있었다.

다들 상의를 탈의하고 있기 때문에, 단련 중인 근육의 움직임이 제대로 보였다. 거기다 이미 윤활유 같은 땀이 흐르고 있어서 우락부락한 근육들이 더 도드라졌다.

또 자동 소총과 권총집들은 한구석에 가지런히 놓여있었다. 올라오는 사람이 있더라도 황급히 도망부터 칠 광경이었다.

이윽고 식사가 준비됐다. 산 주인이 산장까지 전기를 끌어다 놓은 덕분에 산장 안이 시원했다. 식탁은 에어컨과 멀리 떨어진 자리에 있었다.

어정쩡하게 서 있는 믹에게 맞은편 자리를 가리켰다.

"앉으세요."

믹은 높은 상사를 마주한 군인처럼 정자제로 앉았다.

스테이크를 썰면서 말했다.

아무 일도 아니라는 듯이.

"지금 믹을 임원으로 올릴 겁니다."

믹이 의아한 눈빛을 띠었다.

"아아. 존 클락이 들려주지 않았던 모양이군요. 내게는 그럴 수 있는 권한이 있습니다."

믹은 바로 대꾸하지 않았다.

그는 돌아가는 상황을 이해하려고 노력하는 것 같았다.

식사를 반쯤 마쳤을 무렵, 믹이 조심스레 말문을 열었다.

"제가 무엇을 하면 되겠습니까?"

"존 클락과 임원들의 일거수일투족을 보고하세요. 하지만 그들을 의심하라는 게 아닙니다. 지금까지 그들 모두는 기대에 잘 부흥해 주고 있죠."

미 국가 정보기관에서 한 개 대륙의 지부장쯤을 역임했던 자들 중에는, 은퇴 후 사설 스파이 업체를 운영하는 경우가 종종 있다.

아직 존 클락의 조직은 그 정도 수준에 불과하다. 하지만 민간 군사 업체를 매입한 이후로 규모가 나날이 확장되고 있는 중이다.

지금에야 아마추어 수준 정도지만 내 눈에는 분명히 보인다.

조직이 성장세가.

때문에 믹을 따로 부른 것이었다.

조직을 향후, 기관으로 발전시켜 각성자 협회의 전신(前身)으로 삼기 위해서라도 꾸준히 관리해 둬야 할 일이었다.

그리고 믹 정도면 그 적임자로 괜찮아 보였다. 앞으로는 그가 나를 대신하여 존 클락과 그의 옛 부하들을 주시할 것이다.

*　　　*　　　*

존 클락의 위장 시설은 맨해튼 그랜드 센트럴 역에서 한 시간 반 정도면 다녀올 수 있는 뉴욕 근교의 마을에 위치했다. 거기는 관광객들의 발길이 미치지 않는 곳이었다.

또 다른 근교 마을인 콜드스프링처럼 예쁜 거리와 아기자기한 상점 따윈 없었다.

허리케인이 마을을 쓸어가 버린 듯 버려진 주택들만이

존재하는 곳으로, 말하자면 마을의 유일한 창녀라고는 쉰 살 넘은 노파 정도일 뿐인 이미 죽어 버린 마을이었다.

"도착했습니다."

믹은 낡은 카센터 안으로 차를 집어넣었다.

본래 정비장에서도 창을 통해 사무실 내부를 볼 수 있게끔 되어 있었던 것 같은데 지금은 커다란 널로 막혀 있었다.

사무실에서 나온 존 클락이 우리를 기다리던 중이었다.

믹이 셔터를 내리는 동안, 나는 존을 따라 사무실 안으로 들어갔다. 사무실 내부는 그리 크지 않았다. 그렇기 때문에 벽 하나를 전부 차지하고 있는 모니터들이 더 눈에 띄는 건 당연한 일이었다.

책상 하나에는 모니터 숫자만큼의 전화기들이 놓여 있었으며 고유 번호가 적힌 스티커가 붙어 있었다.

3번 모니터를 바라보았다. 뉴욕의 작은 서점을 건너편 도로에서 주시하고 있는 듯한 시점이었다. 아마도 위장 차량 내부에서 전송하고 있는 영상인 듯했다.

저기는 나도 방문했던 적이 있는 서점이다. 사전 각성자 중 한 명인 티나의 일터니까.

그리고 4번의 모니터 속에는 또 다른 사전 각성자인 뮤직테카의 와인드 러치가 그의 사무실에서 업무를 보고 있었다.

무척 가깝게 촬영되고 있는 걸로 봐서는, 와인드 러치의 사무실에 도촬 장비를 심어 놓은 게 분명했다.

시선을 돌렸다.

"저기겠군요."

일악 놈의 행방을 텍사스까지 좁혔다는 것은 진즉 들어 알고 있었다. 내가 가리키는 모니터는 9번이었다.

9번 모니터의 화질은, 화면에 담긴 작물들이 크게 선 것만 보고 옥수수라 추정해야 할 만큼 저급했다. 광활한 옥수수 농장을 들쑤시고 있는 광경이었으며 그 비슷한 광경들이 다른 모니터들에도 존재했다.

"로버츠 카운티입니다. 인근 카운티로 넘어가는 길목에 요원들을 배치시켜 두었고, 각 지역의 보안관과도 얘기가 잘되었으니 조만간 꼬리를 잡을 수 있을 것 같습니다."

"놈이 멕시코로 도망쳤을 가능성은 없습니까?"

"외지인은 눈에 띌 수밖에 없는 촌구석입니다."

"좋습니다. 이번에야말로 공간을 뛰어넘을 수도, 공간을 장악하는 일도 없을 겁니다."

놈은 인장을 다 소진했다. 쫓겨 왔던 지난 반년 동안 또 다른 인장을 얻을 기회가 있을 거라고는 생각되지 않는다.

던전을 공략하는 일은 당연히 혼자서는 가능치 않은 일이다.

최악의 시나리오는 생활 퀘스트가 떠 버린 경우인데, 생활 퀘스트는 나조차도 튜토리얼이라 정의된 시간대를 스킵한 이후로 뜬 적이 없었다.

"발견 즉시 바로 사살하세요. 날 기다리기엔 시간이 여의치 않을 것 같군요."

"예."

그때쯤 믹이 들어왔다.

믹도 사무실에는 처음 들어와 봤는지 그의 눈앞에 펼쳐진 모니터 속 광경들에서 눈을 떼지 못했다.

그러다 바짝 정신을 차리고 부동자세를 취했다.

존 클락은 네가 여기엔 왜 들어와? 라는 듯한 시선으로 믹을 바라보았다.

"내가 들어오라 했습니다. 이 친구만큼 우리가 하는 일에 경각성을 갖고 있는 친구를 찾을 수 없더군요. 사실 이번에 요원들과 일 하나 같이하면서 실망이 이만저만이 아니었습니다. 존. 요원들의 교육에 좀 더 신경을 쓰십시오."

"무슨 문제라도?"

"경각성이 부족하다 말했지 않습니까. 우리 일을 가십거리로 임하는 자들은 적당한 선에서 잘라 내란 말입니다. 그나마 이 친구, 믹은 우리 기대에 부응하는 친구였습니다. 조직에는 이런 친구들이 많이 필요합니다. 그리고 이런 친구들만이 우리 일을 가까이서 다뤄야 할 겁니다. 이 친구를 임원으로 올리고 곁에 두십시오. 도움이 될 겁니다."

존은 나와 믹을 번갈아 쳐다보았다. 그는 당혹한 기색이 분명하였으나 수긍할 수밖에 없었다.

"믹이라고 했지?"

존 클락이 말했다.

"예."

존 클락은 속이 그리 편하지 않겠으나 겉으로 만큼은 좋은 모양새를 취했다. 존 클락이 먼저 믹에게 악수를 청했다.

그가 믹의 손을 맞잡으며 말했다.

"앞으로 우리는 진짜 형제와 같네."

나도 한마디 덧붙였다.

"그렇게 불편하게 서 있지 말고 이쪽으로."

믹은 부동자세를 풀었다. 그런 다음 내 눈짓에 따라 대충 자리를 잡고 앉았다.

나는 다음 이야기로 넘어갔다.

"레인하르트 건은 어디까지 진행되고 있습니까?"

이선(二善)의 본명이다.

녀석은 다른 대륙에 거주하고 있다. 아직은 위성을 이용하지 않는 이상 여기까지 실시간 영상을 송출할 수는 없는 시절이라서, 녀석을 다루고 있는 모니터는 따로 없었다.

"저택 상주 경호원으로 요원 한 명을 잠입시켜 놓았습니다."

그 외 이선의 사업처를 주시하고, 이선의 행방을 쫓아다닐 팀 하나도 배치가 끝난 상태였다.

"회사와 그의 본가 저택만을 오가며 기업공개(IPO)에 열을 낼 뿐이지, 별다른 특이 사항은 찾을 수 없었습니다."

존 클락은 설명 끝자락에 독일에서 직접 촬영한 녹화 영상을 모니터에 띄웠다.

시간대별로 편집된 그 영상 속에서 이선은 정말로 일벌레였다. 본가의 기대에 부응하기 위해서, 또 이 황금기의 훈풍을 제대로 타기 위해서 오로지 사업에만 몰두하는 중이다.

98년 하반기부터 00년 초까지 일었던 IT 붐은 비단 북미와 우리나라만의 일이 아니었다.

전 세계적인 열풍으로 현재 독일 시장 또한 비이성적인 과열(Irrational Exuberance)이 진행 중이었고, 이선의 사업은 잘나가고 있었다.

이후.

녀석은 IT 거품이 꺼지기 전 제 사업을 가장 높은 가치에서 정리할 것이다. 그러고 막 민영화되는 독일의 통신 업체를 인수하겠지.

추정컨대, 그 무렵 즈음 각성을 하는 게 아닌가 한다.

본 시대 최강의 무력 집단이었던 레볼루치온의 근원도 거기에 있었던 것은 아니었을까.

*　　　*　　　*

거대 통신 업체가 제 것이라고 해도 통신 이용자의 대화를 본인도 모르게 청취하는 것은, 해서는 안 될 비윤리적인 일이 분명하다.

그러나 녀석은 그러한 방법으로 본가의 힘을 보태, 레볼루치온을 준비했었던 것 같다. 오래전부터 사전 각성자를 모아 길드를 구성해 놓지 않고서야, 시작부터 엄청났던 레볼루치온의 성장세를 설명할 방법이 없었다.

내가 회귀해 오기 전에는 유럽 연합도 그들에게 한 수 접고 들어갔었다.

팔선 녀석들 중에서 부동의 서열 1위였던 일선 녀석이나, 더 나아가 본 시대 최고의 강자였던 일악 놈도 개인 무력에서나 그랬던 것이지.

휘하 길드들의 화력까지 다 계산에 넣는다면 누구도 이선을 따라갈 수 없었다.

그래서 이선과 레볼루치온의 활동 영역인 서유럽은 누구

도 넘보지 못하는 구역이었다. 그렇게 서유럽은 그들만의
세상이었다.

그런데 그것이 꼭 서유럽 사람들에게 불행인 것만은 아
니었다. 레볼루치온 덕분에 서유럽은 다른 대륙에 비해 사
정이 많이 나았으니까.

바로 그 때문이었다. 반드시 제거해야 할 일악과는 다르
게 녀석은 애매한 구석이 많았다.

이는 꾸준히 지켜보며 고심해 볼 문제였다.

"어디에 내려 드릴까요?"

믹이 물었다.

"이쯤이 좋겠군요. 믹."

"예."

"조직은 앞으로 점점 확장될 겁니다. 믹의 역할이 중요
해진다는 거죠."

믹의 어깨를 한 번 두드려 준 다음 차에서 내렸다.

택시로 갈아탔다.

월가의 분위기는 작년과 판이했다. 활기가 흘러넘쳤다.

밀레니엄을 향한 장밋빛 환상이 어디에서나 보였다.

미소 품은 얼굴로 대화를 나누고 있는 월가인들에, 관광
객들조차도 들떠 있었다.

한 레스토랑에서는 IPO 준비를 다 끝낸 실리콘 밸리의

젊은이들이 떠들썩한 파티를 열고 있었다.

내일, 저들 중 누군가는 신규 상장사 대표가 되어 뉴욕 증권 거래소의 오프닝 벨을 누를 거다. 그리고 그 날의 월 스트리트 일 면을 화려하게 장식하겠지.

지금의 광풍에선 업체가 어떤 사업을 하는지는 중요하지 않았다. 닷컴만 붙이면…….

고양이 통조림을 유통하는 사업이라도 하루아침에 그를 억만장자로 만들어 줄 수 있었다.

그렇게 도착한 곳은 본사를 이전한 조나단 투자 금융 그룹의 빌딩이었다. 지난 100년간 주인이 수시로 바뀌었던 역사 깊은 그 빌딩의 이력에, 이번에는 조나단 투자 금융 그룹이 이름을 올렸다.

1층은 민간 고객들에게도 공개가 되어 있었다. 비로소 억만장자들뿐만 아니라 민간 쪽으로도 사업 영역을 뻗치기 시작했다는 증거였다.

"잠적을 탈 거면 대충이라도 알려 줘라. 응?"

조나단이 짜증부터 냈다.

"아직까지 메일 확인 안 했더라? 그리고 뉴욕에는 대체 언제 들어온 거야. 이 한여름에 빈티지 장갑은 또 뭐고?"

유례가 없던 호황기다. 웃기만도 바쁜 이 시절에 조나단 이 얼굴을 굳혔다.

그는 굉장히 못마땅한 시선으로 금강역사의 수호 장갑을 바라보았다.

"중요한 사안은 처리가 끝났을 텐데."

나는 VIP 접대용 소파에 엉덩이를 붙였다. 존 클락의 낡은 위장 시설에 있던 것과는 비교할 수 없는 초고가의 것이 분명했다.

그 외에도 사무실을 채우고 있는 집기가 다채로워져 있었다. 값비싼 것들로만.

전반적으로 고풍스러운 인테리어였다. 벽면에는 수십 대의 모니터 대신 북미의 현대 화가 작품 몇 점이 걸려 있었다.

그중에는 미국 현대 미술을 뒤흔든 화가의 작품도 있다.

너무나 유명한 작품이기 때문에 시선이 당연히 쏠렸다.

현대 예술 박물관에서나 접할 수 있었던 것이 아닌가.

"그룹 회계사들이 멋대로 걸어 뒀다. 염병할 세금 때문에."

조나단이 짧게 설명했다. 그의 어투가 꽤나 거칠었다. 조나단은 맞은편에 앉을 때에도 신경질이 난다는 듯이 굴었다.

던전을 공략하고 있던 도중에 급한 일이 벌어졌던 것 같았다. 하지만 선뜻 생각나는 게 없었다.

괜히 광풍(狂風)이라고 표현됐던 시절이 아니다. 특히 내가 리스트에 넣어 둔 종목들은 나날이 신고가를 갱신하며 천장을 향하고 있었다.

내가 물었다.

"급한 일이 있었나?"

"있었지."

혹, 그룹 휘하 헤지 펀드 중에서 손해가 발생한 게 있었던 걸까. 이 시절에? 그렇다면 말도 안 되는 일이다. 이 시절에 큰 수익을 내지 못하는 헤지 펀드는 사형대에 올려져도 할 말이 없을 것이다.

"저번 주에 말이야."

조나단의 목소리가 무겁게 깔려 나왔다.

그러면서 날 쳐다보는데 그의 입꼬리가 갑자기 치켜 올라가는 것이었다.

그때였다. 상위 박스의 내용물을 띄운 것처럼 흥분된 미소가 그의 얼굴 전체에 퍼졌다.

"우리 순 재산 펀드의 누적 수익률이…… 으하하핫! 으하하하."

조나단은 실로 오랫동안 참아 왔었던 것 같다.

그는 말을 제대로 잇지 못할 정도로 웃어 대기 바빠졌다.

그럴 수밖에. 미쳐 버린 시장 속에서도 제대로 미쳐 버린 종목으로만 담았으니까.

Chapter 3.

　　민간 자금 일천억 달러로 이뤄졌던 펀드는 작년 말에 청산했었다. 그룹이 감당할 수 있는 선인 5천억 달러를 넘어섰다고 판단했기 때문이었다.

　　그래서 98년 집계에. 뉴욕 투자 그룹의 운영 자산 5090억 달러는 다음과 같이 구성돼 있었다.

　　　「순 재산 펀드: 8백 80억

　　　　7개 헤지 펀드 합산: 1백 20억

　　　　연기금 펀드들 합산: 4천 90억 」

그랬던 자금이 8개월 지난 지금은…….

「 순 재산 펀드: 2천 550억 (+1천 670억)

　7개 헤지 펀드 합산: 174억 (+54억)

　연기금 펀드들 합산: 5천 117억 (+1천 27억) 」

순재산 펀드는 200%가 넘는 상당한 수익률을 기록하고 있으며 헤지 펀드는 45%, 연기금은 25%로 선방하고 있었다.

북미의 시장은 현 시절에 이미 10조 달러가 넘는 거대한 마켓을 구축하고 있다.

전일 인베스트먼트가 200억 달러로 우리나라 증시의 25%를 장악한 반면, 북미의 시장에서는 5천억 달러를 전부 투입해도 큰손 정도의 취급.

뉴욕 그룹 안에서 불어난 순 재산 2천 7백억 달러만 해도, 여기에서는 IT 업체 한 개의 시가 총액 정도에 불과하다.

이래서 북미의 증시 시장을 사랑할 수밖에 없는 것이다.

계산은 여기서 끝이 아니다.

7개 헤지 펀드에서 쌓은 잠정적 수익금 54억 중 25%쯤이 우리의 주머니 안으로 들어오게 된다. 13억 5천만 달러.

연기금 쪽도 마찬가지다.

잠정적 수익금 1천 27억 중에서 운용 보수로 계산되는 금액은 256억 7천만 달러에 이른다.

2천 7백억 + 13억 5천만 + 256억 7천만 달러.

약 3천억 달러.

그것이 현재 계산되는 우리의 순 재산인 것이다. 뉴욕 그룹에 들어가 있는 것만 말이다.

질리언이 있는 런던의 투자 그룹과 맨 섬에서 제시카가 운용 중인 자금까지 합치면 최소한으로 잡아도 5천억 달러.

미래에서 돌아온 금융인이 2년 동안 달성한 성과로.

나는 나쁘지 않은 성과라 본다.

*   *   *

지금은 닷컴 붐의 허리쯤이었다.

그런데 지금부터가 폭탄을 돌리는 시점이라 할 수 있다.

내 자금들이 뉴욕의 IT 시장에 거의 반년에 걸쳐 점진적으로 들어왔듯이, 나갈 때에도 그래야 한다.

뉴욕 증시 전체를 따져 보면 대략 5% 정도에 불과한 금액이지만, 하루 평균 거래액이 300억 달러라는 점을 감안한다면 말이 달라진다.

유동 자금으로는 눈에 띄게 큰 금액이 맞다.

빠져나가는 작업은 지금까지와 마찬가지로 두 천재, 질

리언과 김청수가 주도하게 될 것이다.

포트폴리오에 편입되어 있는 수많은 종목들의 거래량을 조절, 적재적소에 반등을 주면서 물량을 떠안을 호구들을 유인하는 작업이다.

아마추어 같이 라이벌 기관들에게 꼬투리를 잡히거나, 매도량이 시장이 감당할 수 있는 수준을 초과해 버린다면……

역사는 크게 달라질 수 있다.

00년 4월에 닷컴 버블이 터져 버리는 게 아니라 바로 다음 달에 터져 버리는 거다.

그러면 뉴욕 그룹과 런던 그룹에서 이룩한 수익률은 반이상 토해 내게 되는 구조다.

사실.

닷컴 버블이 터져 버릴 거라는 건 꾸준히 나오던 말이다.

대중들은 새천년의 신기루에 현혹돼서 무시하고 있으나 대부분의 인터넷 기업들은 주가에 반영된 기대만큼의 수익 모델을 찾지 못했다. 오로지 환상만이 주가를 높였고 우리 같은 세력들이 이를 주도했다.

가상 화폐 열풍이 불었던 시절과 어느 정도 맞아떨어지는 이야기다.

허상으로 이뤄진 과열.

그 끝은 참혹하다.

이래서 우연희에게 주식에는 손도 대지 말라 했던 것이다.

일반 대중들로서는 시장의 마지막 참가자가 될 수밖에 없고, 그네들의 손아귀에서 넘겨받은 폭탄이 터져 버리고 만다.

쾅!

뉴욕을 시작으로 전 세계 IT 붐의 현장들에 연쇄적으로.

콰과광!

"정리 들어가자."

내가 말했다.

조나단은 그 말을 기다렸다는 듯이 의미심장한 미소를 지었다.

욕심 같아선 적당한 구간에서 공매도를 쳐 버리고 싶지만 언제 버블이 터질지 알 수 없다. 뉴턴 또한 '천체의 움직임은 계산할 수 있어도 인간의 광기는 측정할 수 없다'며 주식 시장에서 막대한 손실을 입었는데, 지금 어떻게 천장을 계산할 수 있겠는가.

하지만 분명 우리가 먼저 빠져나가면서 영향이 있긴 할 거다.

우리가 토해 낸 물량이 어떻게 흘러가느냐에 따라 역사보다 더 앞당겨지거나, 미뤄질 수도 있는 일.

일단은 하방에 투자해 보겠다는 계획은 접어 두었다.

지금은 최대한 뉴욕 증시에 충격을 주지 않는 방향으로, 잠정된 수익금을 최대한 안전하게 빼내는 게 중요한 시점이다.

"일 얘기는 끝났고."

조나단이 기지개를 펴며 말했다.

세 시간이 넘게 흘러 있었다. 포트폴리오에 들어 있는 종목들을 하나하나 데이터와 맞춰 가다 보니 어느덧 저녁이었다.

"보자마자 서울로 돌아가는 건 아니겠지. 아닐 거야. 그렇지?"

"곧 개학이다."

이제는 익숙해질 법도 한데, 조나단은 엄청난 유머를 접한 것처럼 확 웃어 버렸다.

저러는 것도 더는 없을 거다. 올해를 마지막으로 의미 없는 학창 생활은 끝이다.

"언제 개학인데?"

"돌아오는 월요일."

"3일이나 남았잖아. 끝내주는 데를 알아. 관심 없다고 하지 마. 그것을 달고 나온 남자라면 말이다. 오늘은 내가 제대로 가르쳐 주지."

"좋아."

"……좋아?"

"어디든 가자고."

나 역시 그동안 참 많이도 참아 왔었다. 이 파릇파릇한 몸뚱이로.

$$* \qquad * \qquad *$$

엎드린 채로 잠든 그녀가 앙증맞은 엉덩이를 드러낸 채 쌕쌕거리고 있었다.

이 나신의 금발 미녀는 어젯밤 같이 놀았던 콜걸 중에 한 명이다.

지난밤은 광란의 도가니였다.

최고급 스위트룸에서 소수의 남성 VIP들로만 이뤄진 파티로, 사회적 신분이 높은 자들이 하룻밤의 일탈을 꿈꾸며 불나방처럼 모여든 곳이었다.

괜찮았다.

취급하고 있는 약은 대마 정도에 불과했다. 흥을 돋우는 수단은 한 병에 수만 달러 하는 위스키와 같은 가격의 고급 콜걸들이었다.

많은 위스키를 마셔 댔지만 숙취가 조금도 없었다. 각성자의 커다란 장점이다.

씻고 나올 때까지도 콜걸은 깨지 않았다.

그녀를 내버려 두고 먼저 나왔다.

로비에서 오늘자 월스트리트 저널을 보며 조나단을 기다렸다.

중간쯤. 눈에 띄는 부분이 있었다.

「 유니콘, 프리딕트 공개 매수

유니콘은 공격적 인수 합병의 방식으로 프리딕트의 주주들에게 1주당 6.55달러를 제안했다. 현 프리딕트의 1주당 가격은 3.96달러로 시가 총액 197억 달러 중……< 하략 > 」

유니콘.

러시아발 금융 전쟁에서 특수 임무를 성공한 사랑스러운 나의 병사.

작년 겨울에 조나단에게 그 병사를 맡기며 진행시켰던 일이 마지막 관문만을 앞두고 있었다.

프리딕트의 창립자는 회사를 넘길 생각이 없었던 모양이다.

현 가치의 두 배가 넘는 제안을 했어도 그는 거절했고, 결국엔 인수전까지 치달았다.

프리딕트는 미래에서는 더욱이 의미가 있는 회사라 꼭 손에 넣어야만 하는 곳이다. 모든 길드와 정부가 그들의 데이터베이스 관리 프로그램을 이용했다.

게다가.

내가 그리고 있는 미래에서도, 지금까지처럼 많은 정부와 기업들이 그들의 서비스를 받을 것이다.

누가 저 인수전의 지휘관으로 있는지는 모르겠다만, 조나단이 심혈을 기울여 선택한 자일 것이다. 내가 그렇게나 욕심을 내비쳐 왔으니.

한참 뒤.

조나단보다 어젯밤을 같이 보냈던 콜걸이 먼저 로비로 내려왔다.

그녀는 나를 보고 흠칫 놀라 했다. 그러고는 고급 콜걸답지 않게 아는 체를 해 왔다. 그녀로서도 많이 망설이다 크게 용기를 낸 것 같았다.

그녀가 이름과 전화번호만 적힌 명함 같은 것을 내밀며 말했다.

"연락 주세요. 같이 저녁 식사를 하고 싶어요."

영업상 멘트가 아니었다.

VIP 고객에게 사적으로 접근하는 것은 고급 콜걸로서 해서는 안 되는 사안임에도, 그녀는 내게 데이트 신청을 하고 있었다.

그녀가 떠난 뒤.

조나단이 웃으면서 다가왔다.

"꽤 하잖아?"

조나단은 콜걸이 떠나가는 뒷모습을 바라보며 입가에 미소를 띠었다.

나는 대답 대신 프리딕트의 인수전을 다룬 기사를 보여 줬다.

"걱정할 것 없어."

"누가 진행 중이야?"

조나단이 북미의 4대 회계 법인 중 한 곳의 이름을 댔다.

하지만 공개 매수까지 온 것은 인수 성공 확률이 반반이라는 거다.

"가격을 더 높여. 10달러까지."

그렇게까지나?

조나단이 그런 얼굴로 혀를 내둘렀다.

"나도 한 다리만 걸쳐서 진행하는 거라 지금 당장은 곤란한데."

"알고 있어. 오늘 중으로만 처리해 주면 돼. 돌아간 뒤에."

조나단은 고개를 끄덕이며 음흉하게 웃었다. 어젯밤의 파티를 생각하는 듯했다.

"사람이 일만 하며 살 수는 없어. 안 그래?"

조나단이 향락에 깊게 빠지지만 않는다면 어젯밤 정도는 괜찮은 수준이다.

세계 제일의 억만장자가 된 이상, 그보다 저질이며 원초적인 파티들이 조나단을 유혹하기에 충분했다. 그래. 어젯밤 정도라면…….

한편 명성 있는 호텔의 로비라, 손님들 중에 조나단을 알아보는 자들이 적지 않았다. 지금 막 조나단을 향해 다가오는 사람도 으레 그런 인물 중 하나일 거라고 생각했다.

그런데 그의 분위기가 남달랐다.

존 클락의 휘하에 있는 자들이나 풍길 분위기를 지니고 있었다.

다른 사람들의 눈은 속일 수 있어도 내게는 어림없지.

"조나단. 잠시 이야기 좀 합시다."

남자가 다가왔다.

"지금 친구와 있습니다."

조나단도 그의 유명세를 보고 접근한 인물로만 알고 있었다. 그래서 정중하고 짧게 대꾸하는 것으로 그를 무시하려 했다.

그러나 남자가 꺼내 보여 준 신분증에까지는 그럴 수 없었다.

백악관의 문장이 박혀 있다.

자리를 비켜 주었다. 민간인들에게는 가능치 않은 거리지만, 감각을 끌어올리면서부터 남자의 목소리가 들리기 시작했다.

"……께서 전하시는 것입니다."

생략된 주어야. 미 대통령이 분명했다.

남자는 그 말만 하고 떠났다. 마치 내게 데이트 신청을 했던 콜걸처럼.

또한 콜걸이 내게 전해 줬던 명함처럼 조나단의 손에도 봉투 하나가 들려져 있었다.

조나단은 내게로 돌아오지 않았다.

그는 엘레베이터 안으로 사라졌다. 그 직후 메시지가 도착했다.

「내 방으로 와.」

조나단이 머물렀던 호텔 방도 난잡하긴 매한가지였다.

콜걸과 따로 마셨던 술병이 굴러다니고, 그녀가 남긴 향수 냄새가 진하게 퍼져 있었다.

콜걸의 향수가 그의 취향과 동떨어져 있기 때문이 아니었다.

모르긴 몰라도, 백악관에서 온 남자 같은 것들과 마주친 게 이번뿐만이 아니었던 모양이다. 조나단이 굳은 얼굴과 심각한 목소리로 말했다.

"봐 봐."

남자가 조나단에게 남기고 간 봉투 안에는 통보장 하나가 들어 있었다.

날짜는 당장 다음 달인 9월 15일.

나는 놀란 눈을 뜨며 조나단을 쳐다보았다. 조나단은 말없이 고개를 끄덕였다.

청문회를 주관하는 기관의 명칭 같은 건 없었지만 이게 무엇인지는 그도 알고 나도 아는 사실이었다.

백악관에서 보내는 강력한 경고였다.

그들의 지시에 따르지 않는다면 청문회를 시작으로 각종 세무 조사에 시달리게 될 거라는!

"언제부터였어?"

"꽤 됐지."

조나단은 분한 듯 이를 갈았다.

"저들이 원하는 게 뭐야?"

그렇게 묻자, 조나단의 집게손가락이 내 얼굴을 가리켰다.

"썬, 바로 너야."

* * *

'뉴욕의 투자 금융 그룹에 쌓여 있는 달러의 양이 세계 경제에 큰 영향을 끼치기에 충분하다'는 것이다.

현(現) 백악관은 임기 말 레임덕 상황에 성추문 스캔들 그리고 낮은 지지율로 정신이 없을 텐데도 나를 견제하고 있다.

뉴욕 투자 금융 그룹의 51% 지분을 가진 실질적인 주인을 말이다.

조나단을 앞세우고 베일 뒤에 숨어 있는 나를.

"네 신상을 이미 파악하고 있는지도 몰라. 그렇다면 나와서 제대로 밝히라는 뜻이겠지만, 아니라면……."

어제 조나단이 보였던 불퉁스러운 태도는 그냥 조크일 거라고만 생각했었다.

그러나 진정 조나단이 말하고자 했던 바는 그룹의 성공이 아니었다. 바로 요 근래 시달려 왔던 백악관의 압박이었던 모양이다.

그간 조나단은 스트레스가 엄청났을 것이다. 딱하게도.

"아니라면 청문회 준비를 해야겠지. 발제부터 확인해 보고. 염병."

조나단이 핸드폰을 꺼냈다. 그가 몇 군데 전화를 돌린 끝에 말했다.

"이 자식들. 역시 그래. 발제 자체는 우리를 겨냥하고 있지 않아. 하지만 뻔하잖아. 나를 증인석에 올려서, 어떻게든 네 이름을 꺼내도록 유도할 테지. 출석을 거부하겠어."

그 뒤는 더 뻔하다.

예기치 못한 날, 미 국세청(IRS)의 직원들이 들이닥쳐 그룹 내 모든 컴퓨터 하드디스크와 장부를 싸 들고 가겠지.

이런 날을 대비해서 조세 피난처에 유령 회사들을 겹겹이 쌓아 뒀다. 국세청에서 우리 그룹의 구조를 제대로 파악하려면 최소 3년은 걸릴 일.

하지만 역사적으로도 유례가 없는 호황기가 아닌가.

이런 황금 시기에 그런 타격을 받기엔 몹시 아깝다.

아까워.

"나에 대해서 궁금해하는 건 당연해."

뉴욕 그룹의 힘이 본인들이 통제할 수 있는 선을 넘어서기 시작했으니까.

그들이 연기금을 밀어 넣을 때와는 그룹 사정이 많이 달라졌다. 잠정 수익금을 현금화시키면.

"내가 누군지 밝혀. 이번에는 고개 숙여 줄 수밖에."

내가 말했다.

"네 신상만 궁금해하는 게 아닐 텐데? 저들이 진정 궁금한 바는 아마도."

"내가 그간의 투자에 어디까지 개입했냐는 것이겠지."

"맞아. 저들은 둘러댄 대로 믿는 머저리가 아니야. 아시아의 미성년자에게 그만한 지분을 넘긴 이유를 짐작하고도 남지."

"괜찮아. 올해를 끝으로 나도 사회로 나올 테니까."

어둡기만 했던 조나단의 얼굴이 순간 밝아졌다. 그때 조나단이 갑자기 생각났다는 듯이 말했다.

"그런데 어쩌면……."

"말해 봐."

"러시아의 행정실장이 총리가 된 일 때문일 수도 있겠다 싶어서. 썬, 너는 그가 총리로 선출될지도 알고 있었던 거냐? 저번 주였어."

벌써 시일이 그렇게 됐나.

"그자에게 연락 온 적 있어?"

"아직. 이번 연말에 수익금을 정산해 주면 눈에 띄겠지."

역사대로 연말이 될지, 조금 앞당겨질지.

어쨌든 러시아의 현 대통령이 사임하고 나면 그가 대통령 대행에 올라선다.

그때부터 그의 러시아 독재가 시작되는 거다.

"계속 신경 써."

"그러지."

조나단이 숨을 깊게 내뱉었다.

후우.

"그건 그렇고 오늘 저녁 파티에, 정말 나는 안 부를 거냐?"

그는 화제를 돌리고 싶어 했다.

*　　　*　　　*

질리언이 러시아발 금융 전쟁에서 낸 수익금 중 일부는 내 병사 중 하나에게 군자금으로 들어와 있었다.

병사의 이름은 주식회사 골드 랜드. 서류상의 본거지는 물론 영국령 맨 섬이다.

지금 나는 골드 랜드의 대표 이사인 에단이었다.

현직 모델들이 전문 플래너의 주도 아래 개업 파티를 빛내고 있었다.

뉴욕의 밤 시가지를 내려다보는 펜트하우스에서 골드 랜드의 개업식이 열렸다. 그리고 이곳이 골드 랜드의 사무실이 될 거다.

1학기 동안 틈틈이 준비해 왔던 일이다.

모든 준비가 끝나 있었기에 뉴욕에 들어온 지금이 적기였다.

플래너에게 다가가 그녀의 귀에 대고 속삭였다.

"초대 손님들을 모아 주십시오. 먼저 들어가 있겠습니다."

파티는 실외로 한정되어 있었다.

아무도 들어오지 못했던 실내 안으로 한 사람씩 들어오기 시작했다.

그들은 파티 중간에 서로가 앞으로 동료로 일하게 될 걸 알게 되었어도, 그들의 보스가 누구인지는 알지 못했다.

지금까지 그들에게 나는 파티를 채워 주고 있는 남자 모델 중 한 명이었을 거다.

하지만 실내로 들어오면서부터 내가 그들의 고용주임을 모를 수가 없었다.

나를 향하는 눈빛들이 다양했다.

"처음 뵙겠습니다. 제가 여러분들을 모셨습니다. 에단입니다."

이들은 모두 북미의 부동산 업계에서 잔뼈가 굵은 자들이다.

이들이 해야 할 일은 당장은 하나.

북미 내 던전들이 봉인되어 있는 지역을 매입하는 것이며.

그 작업이 끝난 후부터는 세계를 돌며 똑같은 일을 하게 된다.

내 기억은 우리나라와 북미의 던전들에 집중되어 있다. 그 외 지역의 던전들은 A급 이상의, 본 시대의 각성자라면 누구나 알고 있었던 특급 지역들.

매입이 가능한 지역이면 모조리 다 수중에 넣어 둬야 할 것이다.

이 시절에는 같은 소속의 길드들끼리 공략 차례를 두고 싸울 일도, 타 길드가 발견한 던전을 빼앗기 위해 음모를 꾸밀 일도 없다.

이런 상황을 제대로 표현해 주는 단어가 있다.

바로.

독점이라 한다.

＊　　　＊　　　＊

사실 던전에서 그런 일이 많이 일어나긴 한다.

스트레스가 극도로 쌓였을 때. 두려움과 불안함에 찌들어 어찌할 바를 모를 때.

남녀는 서로를 안으며 이를 잊고자 한다. 그러나 그것은 누누이 말해 왔듯이 본인들의 생존을 위협하는 일이었다.

던전에서 그러한 행위는 욕구를 푸는 게 아니라 일종의 발악이었다.

어쨌든 뉴욕에서의 마지막 날들은 쌓였던 욕구를 해소하는 날들이 되었다.

그제는 조나단이 붙여 줬던 고급 콜걸, 어제는 파티에서 만났던 여자 모델.

하룻밤의 치정으로 끝나는 인연이라는 걸 모르는 여자들이 아니었다. 모델 같은 경우엔 GOL의 메신저 아이디를 교환하는 정도가 끝.

개학을 이틀 앞두고 서울에 도착했다.

〈 어디야? 〉

〈 나, 화성이지. 연락 많이 했었는데 닿지 않더라. 많이 바빴지? 〉

〈 잘 극복한 것 같으니 됐다. 지금 그리로 가지. 〉

〈 여기로? 〉

〈 두 시간 후쯤이면 도착할 거다. 〉

공항의 택시를 잡아서 화성으로 향했다.

철거 견적이 상당했기 때문인지, 흉물스러운 장벽은 그

대로였다.

그래도 장벽 안으로 들어가면서부터는 황무지 대신 자라고 있는 묘목들을 발견할 수 있었다.

병동 앞뜰에는 잔디가 깔려 있었고 전보다 늘은 가로등의 불빛들이 기존의 으스스했던 분위기를 상당히 걷어 낸 채였다.

우연희의 새로운 일터에 들어와 본 건 이번이 처음이었다.

그녀는 벤치에서 나를 기다리고 있었다. 법인 경영인답게 정장 차림일 거라 예상했었으나 그녀는 통이 넓은 캐주얼 바지를 입고 있었다.

저 바지 하단, 발목 쪽에 단검집이 장비되어 있을 거라곤 아무도 생각하지 못할 것이다.

감히 누가 그럴 수 있겠는가.

이렇듯 순진한 얼굴로 올려다보는 여자가 항시 칼을 소지하고 있을 거라니.

한편 병동은 그럭저럭 유지가 되고 있는 듯 보였다.

응급 병동이나 외과 수술이 따로 없이 요양 시설에 가까운 까닭에, 그쪽은 하루를 마치는 준비가 한창이었다.

"바쁜 거 아니었어?"

우연희가 물었다.

"궁금한 게 있지 않아?"

내가 되물었다.

그러자 우연희의 고개가 조용히 끄덕여졌다. 우리는 자리를 옮겼다.

장벽 밖 주차장으로 이용되고 있는 공터. 거기에 우연희의 자가용이 있었다.

주변에 사람 한 명 없고 이후로도 올 사람이 없어 보이지만, 우리는 조금 더 외진 곳으로 깊숙이 들어갔다. 우연희가 시동을 끄자 주변은 완전히 어둠에 휩싸였다.

저 너머, 야산의 중턱을 밝히고 있는 병동의 조그마한 불빛들이 주변의 유일한 빛이었다.

"그거, 써 본 적 없지?"

내가 물었다.

우연희는 말이 되는 소리냐는 얼굴로 화들짝 놀란 모습을 보였다.

정신계 최고의 딜링 스킬, 이지스의 시선을 말하고 있는 거였다.

"뭔지는 알 테고?"

"너무 위험해 보여. 이 역시, 사람에게도 쓸 수 있다는 거잖아."

시스템이 선사한 기술들은 몬스터용으로 한정되어 있지 않다. 그랬다면 역사는 크게 달라졌을 것이다.

세계의 주도권은 팔악팔선이 아닌 각 정부와 연합들에게 있었을 것이며 어쩌면 보다 나은 미래가 되었을 수도 있다.

하지만 우리 같은 각성자들에게는 끔찍한 세계일 것이다. 우리나라 군 당국이 내게 했던 짓만 봐도.

"그렇지?"

우연희는 이미 스킬 목록을 띄워 놓았던 것 같다. 그녀의 시선이 허공과 나를 번갈아 훑었다.

나는 금강역사의 수호 장갑을 벗어서 가지런히 내려놓았다. 우연희의 스킬 등급으로는 이 장갑을 뚫을 수 없기 때문이다.

"시험해 봐. 과연 그런 건지."

오랫동안 궁금했던 일이다.

정신 지배를 당한 몬스터나 각성자들을 본 적은 있었어도 내가 직접 당해 본 적은 없었다.

당해 본 자들의 표현에 따르면 마치 가위에 시달리는 느낌과 흡사하다고 했다. 상황이 인지가 되지만, 그 세상이 제 뜻대로 되지는 않았다는 거다.

어떤 강력한 명령에 의해서.

"시험해 보자고."

우연희는 어쩐지 괴로운 얼굴을 보이며 망설이기 시작했다.

"우연희. 앞으로 써먹으려면 제대로 파악해 둬야 한다."

비로소 우연희의 눈빛이 굳세졌다.

준비됐어?

우연희가 그렇게 물어 오는 눈빛에 대고, 나 또한 고개를 끄덕였다.

우연희의 몸에서 순간 검은 기운이 피어올랐다. 언제나 그렇듯 그것을 인지했을 때는 이미 그 힘이 내게 쏟아진 후였다.

화악!

풍문이 맞았다.

아무것도 존재하지 않는 넓은 대해 위에서 내 몸에 꼭 맞는 나룻배에 갇혀 있는 기분. 지극히 불쾌한 그 기분에 휩싸였다.

그러며 꿈과 현실의 어중간한 경계에 걸쳐 있는 기분이기도 했다.

그렇게 몽롱하지만 주변을 인식하는 게 가능하긴 하다. 우연희의 괴로운 얼굴이 보인다. 그녀가 소리를 질렀다.

나를 둘러싼 세계 전체를 깨부숴 버릴 만큼, 엄청난 소리로 변했다.

굉음이 나를 강타했다.

"악!"

우연희는 핸들에 얼굴을 파묻은 채로 바들바들 떨고 있었다.

실패를 직감했다.

우연희의 스킬이 내게 통하지 않은 것이다.

"우연희! 괜찮아?"

막상 그렇게 묻긴 했지만 보이는 바로는 전혀 아니었다.

우연희는 눈도 깜빡거리지 않았다. 핸들에 짓눌린 채로 부릅떠진 두 눈에는, 그녀가 견딜 수 없는 공포가 서려 있었다.

지금까지 던전을 잘 헤쳐 나왔던 그녀였는데도 말이다.

나는 우연희의 상체를 억지로 세웠다. 그제야 두 눈이 깜박거리며 나를 쳐다보기 시작했다. 그녀가 떨리는 목소리로 말했다.

"지…… 지옥이었어……."

아아.

우연희는 내 기억의 한편을 보고 만 것이 틀림없었다.

*　　　*　　　*

인생사가 그렇다.

상태 창이 보이지 않을 뿐이지 누구나 각자의 퀘스트를

이행하며 산다. 때로는 성공하고 때로는 실패하며 그때그
때의 퀘스트들을.

아래는 지난 4개월간의 기록이다.

　「임무 : 뉴욕과 맨 섬 그리고 런던의 투자 그룹은
과열된 뉴욕 증시에서 완전히 탈출하라.
　보상 : 5천억 달러.」
성공.

　「임무 : 비즈니스 소프트웨어를 개발하는 다국적
회사, 프리딕트의 공격적 M&A를 성사시켜라.
　보상 : 미래의 데이터베이스 시장 장악 확률 상승.」
성공.

　「임무 : 조직들로 하여금 일악을 추살하라.
　보상 : 세계의 위험 리스크 감소와 정의 실현.」
실패.

　「임무 : 사전 각성자 두 명과 이선을 관찰하라.
　보상 : 위험 리스크 감소.」
진행 중.

「 임무: 기억하고 있는 북미의 모든 던전 지역을
매입하라.

　　보상: 북미 지역의 미래 영향력 확대 및 독점 소유
권 확보.」
진행 중.

「 임무: 기억하고 있는 우리나라 F급 던전 지역의
공사를 끝마쳐라.

　　보상: 시간 절약.」
성공.

겨울 방학이 시작됐을 때.

비로소 무거운 족쇄들을 끊어 낸 기분이었다.

수면 시간을 채우는 쓰임새밖에 없는 거기에, 더는 다시
갈 일이 사라졌다.

중등 교육이 완전히 끝나는 시점은 개학 후에 약 2주간
의 출석을 마친 후다. 하지만 그 시기에 출석하지 않는다고
해서 문제 될 건 없었다. 졸업에 필요한 출석일수는 모두
채웠다.

밀레니엄 새천년의 2월에 고등학교 입학 원서가 아닌,

검정고시 원서를 접수하는 것으로 정말 끝이다.

"해방이다."

교문을 나서자 짜증 반 기쁨 반인 목소리가 절로 나왔다.

한동안 휑했던 빌딩은 새로운 임대인들이 공실을 채웠고 축소되었던 대민 은행의 외환 투자 부서도 옛 이상의 규모를 되찾았다.

아직도 IMF 체제의 시절이긴 하나, 기존의 역사에 비하면 정상 궤도로 빠르게 향하는 중이다.

이런 들뜬 분위기에는 코스닥 닷컴 붐이 한 몫 차지하고 있다.

우편함 속에 오늘 자 일간지들이 빼곡했다.

「 코스닥 광풍(狂風). 거품 우려

일명 닷컴주. IT 업계가 많이 소속된 코스닥 시장에 '거품 경보'가 떨어졌다. 주가가 급등할수록 투자자들이 투자 위험을 경계하기보다는 '더 오르니까 더 사자'는 일종의 투자 심리가 퍼지고 있다. 그러나 주가가 급락세로 돌아서면 뒤늦게 주식을 산 개인 투자자들이 큰 손실을 떠안는 참사가 우려된다. 」

거품. 거품. 거품!

그놈의 거품 논란은 지겹지도 않은지, 몇 달 전부터 똑같은 논조의 기사가 반복적으로 올라오고 있다.

지난주. 코스닥 시장이 조정 국면에 진입했을 때는 일제히 즐거운 논조를 다뤘던 치들이다.

드디어 거품이 꺼졌다는 둥.

코스닥 시장의 붕괴를 가져온 종목이 역설적으로 그동안 최선두에서 시장을 이끌어온 '밝음 기술'이었다는 둥.

매도 물량이 수십만 주씩 쏟아져 거의 한계에 도달했다는 둥.

시장에 공포스런 분위기를 자아냈던 게 바로 지난주였다.

그러나 그것도 단 며칠 만에 분위기가 반전돼서 오늘까지도 모든 종목들이 미친 듯이 또 날뛰는 중이다.

이러다 몇 종목이 살짝 추락하면, 거품이 터져 버렸다고 일제히 떠들어 댈 거다.

그러다 또 언제 그랬냐는 듯 다시 올라갈 테고.

바야흐로 전 국민이 주식 전문가인 시대. 하지만 누구도 그들을 나무랄 순 없다.

IMF로 무너진 가계를 소생시키고, 서울 변두리에 내 명의로 된 집 하나 구입하고자 하는 간절한 소망을 이룰 길이라곤 이 투전판밖에 보이지 않기 때문이다.

밝음 기술이 지난 두 달간 모두의 눈앞에서 100배가 넘게 뛰었다.

단 두 달 만에.

100만 원을 집어넣었으면 1억.

1억을 집어넣었으면 100억.

여기서 더 오르겠지만 청산할 때가 됐다.

「 계좌명 : 나선후 」

「 계좌 가치 : 21,193,550,000 ₩ 」

하교 후는 장이 닫힌 시간이다.

보유 중인 모든 종목들을 내일 시장가에 일괄 매도로 예약을 걸었다.

시장 참가자들의 비명 소리가 벌써부터 들리는 듯하다.

누가 매물벽을 쌓아 놨냐고 인상을 구겨 대겠지만, 지금까지 그래 왔듯 금방 매물벽을 뚫고 상한가를 향해 달려 나갈 것이다.

어차피 내 명의의 진짜 계좌는 수익적인 측면에서 큰 의미가 없었다. 아버지께서 맡기신 소중한 자금이라는 것 외에는 크게……

＊　　　＊　　　＊

그날.
투자 시안을 작성하고 있던 중에 조나단의 연락을 받았다.

〈 연락 간 거나 접근한 자 없어? 〉
〈 무슨 연락. 〉
〈 이 자식들…… 약속을 어겼어. 미안하다. 〉

자괴감에 찌든 목소리였다. 불안감이 엄습했다.

〈 '이 자식들'이 누구야. 백악관이라고 하지 마. 안 돼. 〉
〈 그것들이 포브스지에 네 신상을 흘렸어. 실수라고 하지만 의도적이었지. 애초부터 이럴 목적으로. 대체 그 자식들은 뭐가 문제인 거야. 〉

정말 모르는 거냐?
아시아 꼬맹이가 허락도 받지 않고, 본인들의 세계 안에 깊숙이 들어온 게 마음에 들지 않는다는 것이다.
그렇게 설쳐 댈 거면 그네들의 시선이 미치는 장막 밖으로 나오라는 거다.

부처님 손바닥 안에서 노는 원숭이가 되라는 것인데, 순간 말문이 막혔다.

내가 고개 숙이고 신상을 제공했듯 그들도 한 발 양보해서 물러날 줄 알았건만, 저 백인들의 폐쇄적인 특성을 잊고 있었다. 월가인으로 있던 시절에 절실히 깨달았으면서도.

나는 주먹을 꽉 쥐며 말했다.

〈 내년부터 사회에 나가겠다는 뜻을 잘못 해석한 모양인데, 조나단. 〉

〈 ……. 〉

〈 내 신분이 대외적으로 공개되는 일은 일어나선 안 돼. 벌여 놓은 일들이 많다. 알겠어? 〉

가장 큰 이유는 우리 부모님 때문이다.

두 분은 아직 준비되지 않았다.

그 이전에 두 분의 남은 평생을 경호원들에게 둘러싸이게 할 수 없었다. 그건 겉만 화려할 뿐이지 결국엔 감옥 같은 삶이다.

며칠 전 아버지께서는 전일 은행의 임원으로 승진하셨다. 어머니께서는 아버지의 만류에도 불구하고 커튼집에서 동네 아주머니들과 만담을 즐기신다.

다른 가정보다 조금은 잘나가며 안정된 삶.

그러한 우리 가족의 평온이 통째로 날아가게 되는 거다.

게다가 내게 집중된 세간의 관심은 나를 옭아매 댈 것이다.

시작의 날까지, 금력을 쌓아 두는 것만큼이나 중요한 것이 내 본연의 능력치를 올려 두는 거다. 행동에 큰 제약이 생겨 버린다면 모든 게 끝장 아닌가.

빌어먹을.

괜찮다. 당황하지 마라.

맞받아쳐 주기에 시기가 나쁘지 않다.

마침 연말이다.

뉴욕 증시에서 모든 자금을 빼며 연말 결산이 끝났다. 런던과 뉴욕 그리고 맨 섬은 성과금 잔치만 기다리며 내 지휘를 기다리는 중이다.

〈 내년도 1월 출간지에 네 이름과 기사가 올라갈 거란다. 아주 지들 맘대로. 썬. 당국에서 들어온 연기금을 모두 뺄까 한다. 각 연기금 위원회에는 백악관과의 불화를 흘리고. 그것들이 그랬던 것처럼 똑같이. 그러면 백악관에 충분한 압박이 될 거야. 〉

〈 아니, 그것만으론 약해. 러시아 대통령 대행과 일본 수

상과 미팅 잡아. 내가 직접 순방하지. 바로 옆이야. 〉

어차피 내 신분이 업계 상층에 들통난 마당에 몸 사릴 것
도 없었다.

〈 러시아 국영 연기금. 일본 공적 연기금……? 〉
〈 그건 차선이다. 〉
〈 그럼? 〉
〈 두 나라에서 보유 중인 미 국채를 최대한 긁어 오겠어. 〉

세계에는 미국에 위협적인 폭탄이 많이 존재한다. 미 정
부에서 미친 듯이 발행해 놓은 그네들의 국가 채권도 그중
의 하나.

백악관에 떨어트릴 폭탄 값이 비싸긴 하겠지만 내가 치
러야 할 희생보다는 적을 것이다.

싸그리 모아서 한 번에 투하해 주마.

백악관의 지붕 위로.

〈 일본과 러시아에서 정확한 사정을 알고 나면 개입되려
하지 않을 텐데. 〉
〈 백악관 눈치를 볼 수밖에 없는 처지지만 어쩌겠어. 그

렇게 하지 않으면 불똥이 자기들에게 튈 텐데. 러시아에서 일본 국채를 사고, 일본에서 러시아 국채를 사지. 그것으로 미 국채와 교환하는 데 앞장세우면 두 나라에서도 명분이 설 거다. 돈 앞에 장사 없어. 〉

〈 정말 미안하다. 이렇게 크게 벌일 일이 아니었는데. 〉

〈 아니, 예견된 일이었다. 한번은 치러야 할 일이었어. 〉

걸리는 건 하나뿐이다.

닷컴 붐이 아직 터지지 않은 지금, 미 정부가 금융 공격을 받는다면 닷컴 버블이 폭발함과 동시에 그 파장이 걷잡을 수 없을 정도로 커진다는 것.

물론 그 전에 백악관에서 항복을 선언하게 만드는 것이 목적이다.

그래 봤자 그들이 잃는 것이라고 해 봐야 고작 내 신상을 공개하지 않겠다는 분명한 약조뿐이다.

그들로서도 차마 예상하지 못했겠지.

이따위 일 하나 때문에 금융 전쟁을 초래하게 될 거라고 말이다.

〈 목표량은? 〉

〈 일단은 뉴욕 그룹의 순 재산 전부. 그래도 물러서지 않는다면 맨 섬과 런던의 자금까지 다 끌어와야겠지만, 거기까지 간다면 사실상 전면전이다. 우리가 잃는 만큼 저들도 잃게 되겠지. 아니, 어쩌면 우리는 딸지도 모르는 일이겠군. 부딪쳐 보면 알겠지. 〉

한 세기를 주름잡았던 천재 금융인들이 내 아래 모여 있다. 영국과 런던 그리고 맨 섬에서 동시다발적으로 전장을 확장시킨다면, 미 당국으로서는 차라리 베트남전을 한 번 더 치르는 게 낫다는 생각마저 들 거다.

세기 말의 뼈저린 고통을 맛보며.

〈 우선은 삼천억 달러라는 말이지? 〉

삼천억 달러. 현 시절의 미 국방 예산.

〈 30% 정도는 공격 비용으로 날린다고 계산에 넣어 둬라. 속 편하게. 〉
〈 ……큭. 〉

갑자기 웃는 소리가 짧게 났다.

〈 왜? 〉

〈 너하고 있으면 믿기지 않은 일투성이라서. 우린 지금 정부를 공격하려는 거잖아. 너 배알 꼴리면 정말 아무것도 보이지 않는 타입이었냐? 〉

〈 네 동의가 필요해. 〉

〈 동의? 먼저 걸고넘어진 건 저 새끼들이야. 내가 저 새끼들 때문에 스트레스를 얼마나……. 〉

〈 한다? 〉

〈 마음대로 때려 박아. 나도 무진장 보고 싶으니까. 〉

사실 백악관을 압박하는 데 가장 쉬운 방법이 있긴 하다.

미 당국과 유기적으로 맞물려 있는 곳, 바로 일본을 공격하면 되니까.

그 경우엔 내가 알고 있던 역사가 송두리째 사라지게 된다. 일본을 공격하지 않는 건 그 때문이며 우리나라의 IMF 탈출은 또다시 요원해지는 일이다.

일본부터 일어날 환란이 제 2의 아시아 금융 위기를 촉발시킬 것이다.

내가 보유하고 있는 현금량은 전 세계 유동 자금의 아주 조그마한 일부분일 뿐이지만.

이렇게 대놓고 그 많은 개인 돈이 뭉쳐 있는 사기업은 뉴욕 그룹이 유일하다. 런던과 맨 섬에 들어가 있는 자금을 제외해도 말이다.

백악관에서 나를 부처님 손바닥 위의 원숭이로 만들려는 이유도 그 때문이다.

하지만 새끼들이 사람을 잘못 건드렸다.

그러던 문득.

얼굴에 달아오른 열기가 강하게 느껴졌다.

나로 끝나는 문제면 오랜 고심을 했겠지만 부모님의 삶까지 걸린 문제였기 때문이었다. 이렇게까지 흥분해 버린 건…….

신상 하나 까발리냐 마냐의 문제로, 전 세계의 금융 위기를 촉박할 수도 있는 전쟁을 계획하고 있다는 것 또한 실감이 들었다.

"후—"

숨을 길게 내뱉고 나서 말했다.

〈 조나단. 마지막으로 백악관에 흘려 봐. 우리의 의지를. 설마 이따위 문제로 그렇게나 나오겠냐는 식으로 군다면, 정말로 보여 줄 수밖에. 〉

〈 그렇지 않아도 나갈 준비 하고 있다. 〉

〈 알고 있겠지만 잘 들어. 이번 일은 우리를 투자 그룹으로만 생각해서 일어난 문제다. 우리가 제 살 깎아 먹는 짓을 절대 안 할 거라는 강력한 믿음 때문이지. 그 믿음만 깨부숴 주면 돼. 그러면 일어나지 않아도 되는 전쟁은…… 없는 거다. 〉

그게 최상의 시나리오.

조나단에게는 미안한 말이지만 그는 백악관이란 이름 앞에 압도당할 거다.

그래. 내가 직접 처리해야 할 일이다.

〈 아니, 미팅만 잡고 기다려. 나도 같이 가야겠어. 〉

*　　　*　　　*

본래부터 섹스 스캔들에나 휘말리는 현(現) 미 대통령은 마음에 들지 않는 자였다.

그럼에도 이자에 대한 미국 내 평가는 아주 좋다. 당장 지지도가 밑바닥인 것은 도덕성 때문이지, 직무 자체의 평가는 임기를 마친 후로 더 높은 점수를 받는다.

역사상 위대한 대통령 중 한 명이라는 소리가 잘도 나왔으니까.

그의 행정부 기간 10년 동안 미국 경제는 호황을 맞이했다. 또 높이 평가받는 일은 '미국식 시장 주의'를 개척한 일이다.

피 한 방울 흘리지 않고 세계 각국의 시장을 개방시킨 일을 말하는 거다. 거기에는 물론 우리나라도 포함되어 있다.

2년 전 우리나라가 승냥이 떼 앞에 놓인 사냥감 신세가 되었을 때, 그는 우리나라를 철저하게 외면했다. 오히려 그들 편에 서서 우리나라를 가혹하게 다뤘다.

지금도 마찬가지다.

자국의 이익을 위해서?

천만에.

그러했던 이면에는 월가의 금융 돼지들을 배불리 먹이려는 속셈이 다분했다.

그 결과가 바로 이 시절이다. 누누이 말해도 끝이 없는, 엿 같은 IMF(국제통화기금) 체제 시절.

중요한 바는 조선총독부처럼 우리나라를 유린하고 있는 IMF가 실은 미국의 수족이라는 것이다.

"너는 신호를 줄 때까지 가만히 있어."

조나단에게 주의를 줬다.

그 말에 반응한 사람은 조나단이 아니라 조나단의 전용 기사였다. 운전기사이면서 경호원. 기사가 본인도 모르게 놀란 얼굴로 이쪽을 쳐다봤다가 고개를 돌렸다.

조나단이 가까이 두고 쓰는 사람이라 이번 일에도 운전대를 맡겼다.

"나도 열 받긴 마찬가진데, 알았다. 나는 조용히 빠져있지. 신호는 어떻게?"

"자연히 알게 될 거다."

백악관에 진입했다.

예정된 점검이 끝나고 깊숙이 들어갔다.

미팅 장소는 백악관 서관(西關)의 접객실이었다. 미국 정치의 중추인 이곳에 발을 디딘 게 이번이 처음은 아니었다.

직원의 안내를 받아 도착한 접객실에는 이미 우리를 기다리고 있는 한 사람이 있었다.

미 재무부 장관 에드.

미 대통령은 이 자리에 없었다.

하긴 없어도 상관없었다.

장관이 그의 대변자고, 또 미 대통령이 이자의 대변자였다. 그리고 그 둘은 월가의 대변자이기도 하다. 다 같이 공생하는 관계라는 거다.

우리나라를 노비 길들이듯이 다루고 있는 실질적인 인사가 아닌가.

뜻하지 않은 때의 기습이 가장 효과적이다. 구태여 예의를 차리며 분위기를 잡을 것도 없다.

초면에 내뱉었다.

"에드. 똑똑히 들으시오. 나는 지금 LTCM을 파산시킬지 심각하게 고려하고 있소."

조나단이 놀란 눈으로 나를 쳐다보았다. 여기로 오는 길에 가만히 있으라고 주의를 줬을 때, 운전기사가 보였던 놀란 반응과 비슷하다.

국제 사회에 정설 하나가 있다. '미 재무부가 움직이면 꼼짝 못 한다.'는 게 그것인데, 그 재무부를 움직이는 게 눈앞의 장관, 에드다.

조나단은 내가 재무부 장관을 만나자마자 이렇게까지 공격적으로 나올지 몰랐던 거다.

장관도 휘둥그레진 눈으로 헛기침을 했다. 질책이 섞인 그의 눈빛은 오히려 조나단에게 향했다.

조나단은 얼떨떨한 표정으로 장관 앞에 대충 자리를 잡고 앉았다.

"큼⋯⋯!"

장관이 제 앞자리를 눈짓으로 가리켰다. 조나단이 일부러 비워 둔 자리, 장관의 바로 맞은편 자리였다.

장관은 나를 빤히 응시하고 있었다. 의외의 펀치에 당황

하는 기색이 보였다.

그가 말했다.

"여기는 자네들 사무실이 아니네. 어린 친구. 왜 화났는지 모른 체하지 않을 테니까 차분하게 이야기를 나눠 보세. 시간은 많아."

내가 어리기 때문에 참는다는 식이었다.

"LTCM 말이야. 그런 바보 같은 짓을 한다면 내 말릴 권한은 없지만, 거기도 자네들의 소중한 자산 아닌가?"

LTCM. 러시아발 금융 전쟁에서 우리에게 크게 패한 헤지 펀드로, 그것이 파산 위기에 처하면서 미 경제에 심각한 타격을 줄 뻔했다.

하지만 내가 그것을 인수하며 뉴욕 그룹 휘하에 속해있는 중이다.

"방금 전. 당신 입으로 모른 체하지 않겠다고 하지 않았소?"

나는 공격적인 태도로 일관했다.

장관은 이번에도 조나단에게 곤란한 표정을 지어 보였다. 내가 뉴욕 그룹의 실질적인 주인이지만, 그에게는 서류상의 내 나이가 더 와닿은 모양이었다.

그러나 조나단은 장관의 바람과 다르게 이 상황에서 완전히 빠져 있었다.

그러한 기류를 읽은 장관은 의아한 눈빛을 띠었다. 나를 바라보는 시선이 달라진 건 그 직후부터였다.

장관이 느슨했던 자세를 고쳤다.

"선후. 자네를 오래전부터 만나 보고 싶었어. 하지만 이런 식은 조금 뜻밖이네."

"말 돌릴 것 없소. 당신들은 우리에게 큰 빚을 졌소. 한데 이런 식으로 갚는 거요?"

"빚? 나도 모르는 빚이 있었나?"

"우리가 LTCM을 인수하지 않았다면 당신들이 감당했을 리스크가 뭐였을 것 같소? 하물며 우리가 인수한 게 LTCM뿐이었소? 시독(屍毒)만 퍼트릴 시체 덩어리들을 우리 손으로 직접 거둬 줬소. 당신 입으로 언급했던 제 2의 대공황 말이오. 내가 그걸 막아 준 거요."

"자네들 주머니 채우자고 한 일을."

"천만에."

"조나단 자네는 왜 꿀 먹은 벙어리처럼 가만히 있지?"

"저도 선후가 화가 난 것을 이해합니다."

"고작 그것 때문에? 영문 모를 일이로군. 이래서는 자네들에게 좋은 일이 하나도 없을 텐데, 무슨 이득을 보자고."

장관은 고개를 휘휘 저었다. 그는 정말로 이 상황을 이해하지 못하고 있었다.

"선후는 나이는 어리지만 제 보스입니다, 에드. 제가 두 분 사이에 끼어들 일은 아닌 것 같군요."

조나단은 보란 듯이 팔짱을 꼈다. 장관의 시선이 내게로 돌아왔다.

내가 말했다.

"당신의 후원자들에게 한 소리 들었던 거요? 왜 그렇지 않소. 당신의 후원자들이 노리고 있던 한국의 대기업과 은행들, 무엇 하나 제대로 건진 게 없지 않소? 그게 내 탓인 거요? 내가 한국인이라는 이유만으로?"

제대로 지적한 게 맞았다. 에드의 눈빛이 순간 서늘해졌다. 나는 자리를 박차며 그 얼굴에 대고 일갈했다.

"나를 가지고 놀아 보고 싶다면 마음대로 해 보시오. 대신 내일부터 무슨 일이 일어날지 기대해도 좋소. 당신이 초래한 일이란 거 잊지 마시오. 대통령께도 똑같이 전해 주겠소. 가자. 조나단."

장관은 한 국가에 사형 통보를 내릴 때에도 웃으면서 성공을 기원한다며 축사를 전하고, 그를 공격하는 외부의 인사들도 그에게 똑같은 미소로 악수를 청하는 세상에서 살아 왔다.

그가 속해 왔던 세상은 모든 악의를 미소 속에 숨기는 세상이었다. 어려운 경제 용어로 욕설을 포장하고, 천문학적인 숫자들로 품고 있는 칼날을 감춘다. 조세 포탈 대행업체의 칼도 그러한 인사였지.

이런 자들의 특징은 노골적인 격한 감정을 마주할 일이 그리 많지 않다는 거다.

보다 원색적인 단어들을 반복해서 들려줘야 한다. 예컨대 '전쟁' 같은. 혹은 그걸 떠올릴 만한 이야기들.

더 확실한 방법은 폭력이겠지만 여기에서는 그것만큼 어리석은 짓이 없겠지.

효과가 있었다. 그는 순간 벌게진 얼굴로 나를 가로막았다. 양복 속에 감추고 있던 진짜 얼굴도 확 드러냈다.

"잡지 하나에 이름 올라가는 게 뭐 대수라고!"

그가 소리쳤다.

그러고 나서 본인도 놀랐는지, 두 눈을 부릅떴다.

"그러는 당신은 그게 뭐 대수라고 일을 이렇게까지 만드는 겁니까. 그거 아시오? 내가 당신이라면 여기서 언성이나 높이고 있지는 않을 거요."

장관은 내 말 속에서 뻗친 가시를 알아차리고는 인상을 굳혔다.

"무슨 말인가?"

"내가 당신이라면 일본으로 향하는 비행기 안에 있을 거란 말이오. 거기에 당신네들 채권이 싸그리 모여 있지 않소? 어떤 어린 녀석이 당신네들 채권을 사들여 장난질 치기 전에 그거부터 막아야 하지 않겠냐는 거요."

장관의 눈빛이 흔들렸다. 나는 거기에 대고 더 일갈했다.

"아니지. 아마 그 어린 녀석은 당신이 일본으로 향하는 게 채권 때문이라는 걸 알면, 표적을 채권에서 엔화로 돌릴지도."

장관이 입술을 열려 할 때.

또 가로챘다.

"과연 일본에서 당신의 방문을 환영할지는 모르겠소. 일본은 당신네들이 90년대 초에 벌인 공작 때문에 아직도 불황 속에서 허덕이고 있잖소. 아, 그리고 러시아에는 지금도 냉전 시절인 줄 아는 인사들이 많은 거 알고 있습니까?"

장관은 내 말을 끝까지 듣더니 한 손으로 제 이마를 짚었다. 그러고는 그 손으로 아주 느릿하게 자신의 얼굴을 쓸어내렸다.

잠깐 사이 그에게는 빤히 보였을 것이다.

총알 대신 화폐가 날아다니는 소리 없는 전쟁이.

"백악관에서 선전 포고를 받게 될 줄은 꿈에도 몰랐군. 중국 대사도 그러지는 못해. 믿기지가 않는군……."

그가 마저 말했다.

"그런 짓을 벌였다간, 그간 벌어들인 그 많은 돈을 다 잃어버릴 수도 있네."

"나와 조나단이 어떤 투자를 해 왔는지 뻔히 알면서 입 아픈 소리는 그만두시오. 사실, 따낼 자신이 더 많긴 하지만 잃어도 아무런 상관없소, 다시 벌면 되니까."

"잡지에 이름 하나 올라간다는 것 때문이라고는 하지 말게. 제 목을 스스로 조이고 있는 진짜 이유가 뭔가? 진짜 이유가."

"말이 안 통하는군. 일본행 비행기 티켓이나 준비하시오. 그리고 월가에 있는 당신의 후원자들에게도 이 즐거운 소식을 들려주시오. 러시아발 금융 전쟁에서 잃은 돈을 만회할 기회가 있을 거라고. 당신 손으로 새로운 전쟁을 만들어 놓았노라고. 그럼 아주 기뻐들 할 거요."

장관은 본인이 보스 몬스터라도 된 양, 나를 매섭게 노려보았다.

틀린 생각이 아니다.

그는 S급 보스 몬스터보다 더한 힘을 지닌 인사다.

그가 작정하고 미쳐 버린다면 S급 보스 몬스터가 낼 수 있는 파괴력을, 혓바닥 몇 번 놀려서 만들어 낼 수 있기 때문이다.

"전쟁은 당신네들이 좋아하는 거 아니오? 요즘 같은 시대에 누가 총칼로 전쟁한답니까. 공포감을 조성하기엔 이

만한 재료가 따로 없다는 거요. 새로운 금융 전쟁이 발발하고 나면, 특히나 당신들의 나라가 주 무대가 된다면."

그러면.

"시민 누구도 과중한 세금에 불만을 토로하지 않고 정부의 정책에 고분고분해질 거요. 내가 당신들을 위해 악당을 자처해 주겠다는데 고맙지 않소? 나라면 그럴 것 같소만."

장관의 눈 밑이 파르르 떨렸다. 그러더니 몹시 불쾌하다는 듯 두 눈을 질끈 감았다.

내게 욕을 한 무더기 쏟아 내고 싶은 것 같았다. 그가 간신히 참으며 눈을 떴다.

그가 감정을 지운 얼굴로 조나단에게 고개를 돌렸을 때에는 박수마저 쳐 주고 싶었다. 내가 만든 판에서 발을 뺀 것이다.

엄청난 인내심으로.

"이런 친구가 열네 살이라고?"

그때 조나단은 장관의 어깨 너머로 내 지시를 기다리고 있었다.

고개를 살짝 끄덕여 보였다.

비로소 조나단이 말했다.

"예. 장관님. 저도 처음에 선후를 어리다고 얕잡아 봤다가 된통 당했습니다."

조나단은 미소를 지었다. 그러나 장관은 조나단을 따라서 웃지 않았다.

그가 뇌까렸다.

"자네들 장난이 지나치군. 잡지사에는 따로 언질을 해놓겠다만, 그건 아래에서 일어난 작은 실수에 불과했다는 걸 잊지 말게."

장관은 나를 쓱 쳐다보고는 문으로 걸어갔다. 그가 문고리를 쥐며 경고하듯 한 마디 덧붙였다.

"연기금 위원회들의 오해는 알아서 해결해 놓게."

쾅!

문 닫히는 소리가 쩌렁쩌렁 울렸다.

그때 조나단이 꼭 우연희처럼 양 주먹을 꽉 쥐고 온몸을 떨어 대기 시작했다.

조나단도 알고 있었다. 사실상 미 재부부 장관은 항복을 선언한 것이나 다름없었다.

다른 곳도 아닌 미 재무부가.

백악관 안에서.

Chapter 4.

백악관을 빠져나오는 차량 안.

"우아아악!"

조나단이 비명 같은 괴성을 터트렸다. 운전기사가 차를 급히 멈춰 세웠다.

"괜찮으십니까?"

"괜찮아. 괜찮아."

그의 두 눈이 희열로 번질거렸다.

"즐거워할 일이 아니래도."

내가 뇌까렸다.

"'중국 대사도 그러지는 못해' 라니. 크흐훗."

조나단은 장관이 했던 말을 따라 하며 어쩔 줄 몰라 했다.

한편 그는 멀어지고 있는 백악관에서 눈을 떼지 못했다. 디즈니랜드를 떠나는 아이처럼 차량 뒤창으로 완전히 등을 돌린 채였다.

하지만 분명한 건 백악관은 내가 두려워서 발을 뺀 게 아니라는 것이다. 그런 일은 있을 수 없다.

백악관에서 파악했을 우리의 금력은 그들의 한 해 국방 예산과 비슷할 텐데, 양측이 사활을 걸고 부딪치기에는 분쟁거리가 그에 비해 너무나 못 미치는 사안이었다.

적어도 그들에게는.

장관의 말마따나 '고작 그런 일' 때문이었으니까.

거기에 걸었다. 그래서 장관을 공격적으로 압박할 수 있었던 것이고.

하지만 이 정도 금력으로는 터무니없이 부족하다.

저들이 귀찮아서 발을 빼는 게 아니라 처음부터 시비를 걸 엄두조차 나지 않을 정도의 금력이 필요하다는 것이다.

본 시대에서 인류 문명은 크게 세 단계를 거쳐 쇠퇴했었다.

일 단계, 세계 각 정부들과 자본가들의 허튼짓.

이 단계, 핵 사용으로 자멸.

삼 단계, 팔악팔선의 내전.

일 단계와 이 단계의 수준이 그 절반만 됐어도, 인류의 상황은 그렇게까지 최악으로 치닫지 않았을 거란 말이다.

누누이 말해 오건대, 되돌아보면 되돌아볼수록 기회는 충분했다.

그러나 초기 대응이 너무나 어처구니없었다.

거기까지는 이해한다.

초기에 게이트에서 쏟아져 나온 몬스터라고 해 봐야 기존의 화기만으로도 충분히 제압 가능한 족속들이었으니까.

그리고 바로 그 시기가 하루 만에 달라진 세상의 법칙을 다시 정비할 나날들이었다. 인류의 과학 문명을 찬양하는 대신 말이다.

허나 그걸 놓쳤다면, 몬스터들의 등급이 높아지면서 통제력을 상실했을 때에는 적어도 희생이 수반되어져야 했다.

하지만 그런 게 있었던가?

87년 전(前) 미 대통령은 스위스 제네바에서 있었던 소련과의 정상회담 자리에서 이런 발언을 했었다.

우리가 외계인들의 공격을 받으면, 우리가 현재 느끼는 전 세계 사람들 간의 차이점이 삽시간에 사라져 버릴 것이라고 종종 생각한다.

그런 일이 일어나면 전 세계가 하나 되어 침략에 대응할 거라는 발언이었다.

그러나 실제로 그런 일이 일어났을 때, 상황은 그의 말과 크게 달랐다.

화폐와 금 그리고 토지가 아무 쓸데없는 종이 쪼가리와 돌 그리고 오염된 흙더미로 변해 버린 까닭이 거기에 있었다.

자본가들과 그들을 대변하는 정부들.

그것들이 희생 없이 제 자산을 지키려고 발악했던 결과는 끔찍한 세상을 만들었다.

그렇게 안 될 수도 있었는데…….

경제가 처참히 무너졌다.

그것을 신호탄으로 사실상 인류 문명의 운명은 결정된 것이나 다름없었다.

세계의 부를 장악하고 있던 자들도 일이 그렇게까지 치닫게 될 줄은 몰랐을 거다.

백악관에서 장관이 보였던 모습처럼, 아차 하는 순간은 이미 되돌리기에 너무 늦은 때였다.

거기까지가 일 단계였다.

사실 이 단계의 핵도, 삼 단계의 내전도 거기에서 비롯되었다. 첫 단추를 잘못 꿰었으니 제대로 돌아갈 리가 없지 않은가. 모든 일은 인과(因果)의 법칙대로 흘러가기 마련이다.

하지만 이번에야말로 첫 단추를 제대로 꿰어 줄 생각이다.

모두가 허둥대지 않고 질서 있게 시작의 날에 대응할 수 있도록!

그렇게 다시 돌아올 그 날, 인류 문명의 근간은 무너지지 않을 것이다.

비록 08년도 서브프라임 사태급 이상의 침체기에 접어들지언정, 지금 이대로의 모든 게 유지된 상태에서 몬스터들을 대적하게 될 것이다.

그것이.

내가 꿈꾸는 미래다.

또 그것이.

금력을 쌓아야 하는 이유다.

             *   *   *

창밖만 보고 있었다. 하루의 일상을 사는 다양한 사람들의 모습을 좇고 있던 무렵.

조나단은 흥분을 가라앉힌 모양이었다. 그가 말했다.

"견제가 더 심해지겠군."

"뉴욕 그룹의 조세 회피 수단을 최소한으로 줄여. 그리고 너는 끝까지 눈치채지 못한 것 같아서 하는 말인데."

마저 말했다.

"이번 일은 내가 아시아인이라서 일어난 거다. 근간은 거기에 있어. 본인들의 질서에 내가 편입되는 게 싫은 거야."

"왜 모르겠냐. 구태여 꺼낼 이야깃거리가 아니라고 생각했던 것뿐이야. 그 얘기를 꺼낸다고 해서 달라지는 게 없잖아. 네 기분만 상하지. 아무튼 여기까지 오게 해서 미안하다. 돌이켜 보니까 내가 처리할 수도 있는 일이었어. 다음에는 이런 일이 없을 거……!"

그런데 조나단은 말을 다 끝내지 못했다.

부우우웅──

차량이 정지 신호를 무시하며 교차로에서 속력을 높였기 때문이었다.

순간 다른 운전자들의 경음기 소리가 여기저기서 들려왔다.

"갑자기 왜 그래?"

그래도 운전기사는 속도를 줄이지 않고, 교통 체증으로 막힌 도로를 위험천만하게 헤쳐 나가기 시작했다.

"올마이티!"

운전기사의 이름을 그때 처음으로 들었다.

"따라오는 게 있습니다. 검정색 익스플로러 보이십니까?"

조나단은 얼굴을 굳히며 나를 쳐다봤다. 그가 몹시 짜증난다는 듯이 말했다.

"제대로 열 받긴 했나 봐. 쫓아와서 뭘 어쩌겠다는 거야."

차가 한 번 더 크게 흔들렸다.

급브레이크를 밟아 끼이익거리는 소리와 함께 차는 고속도로 진입 분기점에서 오른쪽으로 빠졌다.

우리를 추격해 오던 차량은 검은 SUV였다.

교통 체증에다가 올마이티가 갑자기 방향을 바꾸는 바람에, 그들은 80번 고속 도로 진입 구간으로 휩쓸린 상태였다.

그대로 서부 샌프란시스코까지, 북미 대륙을 쭉 횡단하라지.

"저건 내게 보내는 경고다. 주시하고 있으니까 알아서 몸 사리라는."

아무 일도 아니라는 듯이 말했다.

그러나 조나단에게는 크게 와 닿았는지 몬스터를 노려보는 듯한 눈으로 미행 차량을 바라보고 있었다.

차라리 지금처럼 눈에 띄는 경고가 낫다. 혈안이 되어 뉴욕 그룹의 세무 신고 내력들을 뒤적거리는 것보다는 말이다.

조그마한 꼬투리를 찾고, 그걸 크게 부풀려서 특별 세무 조사를 시작한다면.

뉴욕 그룹은 한동안 마비될 수밖에 없는 일이었다.

당하고만 있지는 않겠지만.

고속 도로를 타고 세 시간을 달리던 중.

조나단의 핸드폰이 울렸다.

그룹 안에서 들어온 연락이었다. 정확히는 김청수의 연락.

단답으로만 이어졌던 짧은 통화가 끝났을 때에는 조나단의 두 눈에 이채가 서려 있었다.

"시작된 것 같다. 골드온라인(GOL)이 주저앉았어."

그러고는 씩 웃어 보였다.

"드디어 닷컴 버블이 터졌다. 썬. 올 게 왔어."

불구경을 하는 사람 같은 얼굴이었다.

* * *

언제 그렇게 들떠 있었냐는 듯, 월가는 꽁꽁 얼어붙어 있었다.

기습적인 한파 때문에 더 그렇게 느껴졌는지도 모른다.

오늘은 새 천년의 1월 초순.

기존의 역사보다 몇 달은 빨랐다.

끝을 모르게 고공 행진해 왔던 IT 업계의 주가들이 일제히 폭락.

거리에는 절규 어린 인상들이 흘러넘쳤다.

조나단은 바로 빌딩으로 들어가지 않았다.

그는 여전히 차 안이었다. 차창 너머로 패배자들의 기색을 즐기고 있었다.

그들은 '아직은 아닐 거야, 내 손에서 폭탄이 터질 리 없어, 더 간다.' 라며 과열된 시장에서 아직 빠져나오지 않은 자들이었다. 개중에 누구는 큰돈을 소유한 부자였고, 또 누구는 그 돈을 유치한 월가의 매니저들이다.

나이, 성별, 직업을 불문하고 표정들이 한결같았다.

이미 큰 충격을 받은 그들이 좀비처럼 거리를 배회하고 있다.

하지만 이제 시작인 것을.

"어디까지 무너질까?"

조나단이 즐거운 어투로 물었다.

글쎄다.

내가 개입하지 않았다면, 본래 닷컴 붐의 최고점은 00년 3월 10일이었다.

그날 IT 업계가 몰려 있는 미 나스닥 지수는 5000선을 넘었다.

그랬던 것이 02년 10월까지 반등과 하락을 반복하다가

1000선 아래까지 폭락했다.

5000선에서 1000선으로 80% 대폭락.

온갖 거품들이 일제히 꺼져 버렸다.

당국은 99년부터 기준 금리를 점차적으로 늘려 왔을뿐더러, 시장은 마침내 환상의 실체를 깨닫고 만 것이었다.

인터넷은 여전히 느리고, 실질적으로 이어질 시스템과 인프라가 구축되지 않았다는 것을.

환상이 만들어 낸 21세기의 영광은 아직도 요원한 일이었다.

내가 물었다.

"어제 나스닥 지수가 몇이었지?"

"5239."

그 또한 기억 속의 수치보다 큰 수치였다.

비단 이 일뿐만일까?

세계 최대의 종합 미디어 그룹인 커션 그룹이 1600억 달러나 되는 천문학적인 자금을 투입해 GOL을 인수, 닷컴 붐에 기름을 들이부었던 그 일도 역사와 달랐다.

보다 빠르게 일어났었다.

조나단은 내게 어디까지 무너질 것 같냐고 물었지만, 나는 쉽게 대답을 내놓을 수 없었다.

오히려 내가 묻고 싶다.

이번에는 어디까지일까?

분명한 사실 하나는 그동안의 상승분을 고스란히 토해 내게 될 거라는 것이다.

이것만큼은 변함이 없다.

거품이라는 게 그런 거니까.

"1000선 아래까지는 생각해 둬야겠지."

내가 대답하자 조나단은 회심의 미소를 지었다.

제 눈으로 닷컴 붕괴의 시작을 목격하고 있지만, 이 일이 사실 중간 단계에 불과하다는 걸 조나단은 물론 누구도 알 수 없을 것이다. 닷컴 붕괴는 08년 서브프라임 사태, 세계 경제의 대침체기로 향하는 중간 다리다.

조나단에게도 슬슬 들려줄 때가 된 것 같았다.

아직도 몇 년이나 남았지만 지금부터 준비해 둬야만, 가장 큰 기회를 거머쥘 수 있기 때문이다.

"시작은 이 년 전 아시아의 외환 위기였지. 내 나라를 공격하면서부터."

"닷컴 버블이? 갑자기 외환 위기는 무슨 말이야?"

"퍼즐이 하나씩 맞춰지고 있어. 세상사에 그런 일들 많잖아. 오랜 시간 지나고 봐야 '아 그때 그것 때문에!' 하면서 후회하는 일 같은."

"아무래도 그렇지. 너를 만나고 난 이후부터는 후회 따원 남의 말이지만."

"쓸데없는 소리 말고."

"부끄러워하기는."

"아시아의 금융 위기. 특히 우리나라 한국의 금융 위기로 러시아며 멕시코며 금융 위기가 다 퍼져 버렸던 거 모르지 않을 거다."

"닷컴 버블이 네 나라를 공격해서 일어난 일이다?"

"세계로 확산되는 금융 위기 때문에 금리를 낮추고 뭉텅이 돈들은 갈 곳을 잃었지. 밀레니엄의 장밋빛 환상은 또 어떻고. 모든 게 결합돼서 닷컴 버블이 일어났다. 하지만 과거를 돌이켜 보자는 게 아니야. 일단은⋯⋯."

운전석 쪽을 눈짓해 가리켰다. 조나단이 한마디 내뱉자, 그의 기사 올마이티가 차 밖으로 나갔다. 문이 조용히 닫혔다.

조나단은 약하게 흘러나오던 라디오 소리까지 껐다.

내가 말했다.

"FED(연방준비제도)에서 기준 금리를 계속 내릴 거다. 이후의 증시 충격을 완화시키기 위해서라도."

"경기 후퇴 가능성에 이미 한 포인트 내리긴 했었지. 그리고 마침내 닷컴 버블이 터져 버렸으니 아무래도 그렇게 되겠지만. 어느 정도까지?"

"나는 서울로 돌아가는 대로 단기 시안 하나와 장기 시안 하나, 그렇게 두 개를 잡을 거다. 지금 당장은 장기 시안을 들려주고 싶은데, 잘 들어."

조나단은 준비가 됐다는 식으로 고개를 끄덕였다.

"재료는 오늘부터 2001년 말까지 기준 금리를 최대 1% 선 아래까지 보고, 요리는 2008년 이후까지도 보고 있다."

"그렇다면 역시 부동산이겠군."

"부동산은 자연히 오르겠지. 한데 가장 큰 문제는 거기서 누적되는 독제(毒劑)에서 올 거라고 본다. 07년부터 09년 사이, 가장 큰 폭탄이 터질 거야. 네가 무엇을 상상하든 그 이상의 폭탄이 말이다."

"그래도 가정한다면?"

"세계의 경제, 금융이 마비될 정도로."

이제 닷컴 버블의 시작밖에 겪지 못한 조나단은 눈을 부릅떴다.

물론 거기에 치닫게 되기까지는 안타까운 사건 하나가 필수적으로 따를 수밖에 없다.

마침 주차한 갓길은 이 시절에 건재한 세계무역센터가 보이는 장소였다. 저기에 비행기가 부딪치던 날의 뉴스가 지금도 생생하다.

"지금은 어떤 일도 일어나지 않았어. 가정인 거다."

하지만 모든 일은 다 연동되기 마련.

세계를 하나로 묶어 놓고 있는 경제권에서는 더욱이 그렇다.

인과(因果).

과거의 일이 누적되어서 하나의 사건으로 귀결되고, 그렇게 귀결된 사건은 또 다른 사건으로 이어지는 과거의 일이 되는 법.

우리나라의 IMF. 닷컴 신화와 닷컴 붕괴. 9.11 테러. 이라크 전쟁.

대석유 시대와 부동산 신화.

그리고 그 참담한 끝인 08년의 서브프라임 모기지 사태.

거기에 더 키워 놓았던 홍콩발 충격과 러시아발 금융 전쟁까지 계산에 들어가고 있으니……

모든 게 더 커지거나 더 앞당겨지고 있다.

그러니 정신 바짝 차려야 한다.

이제 시작이다.

*　　*　　*

이틀 내내 모니터만 보고 있었다.

한계였다. 두 눈에 쏠린 피로감을 견디기 힘들었다.

모니터 백라이트와 출력한 데이터 서류들. 거기에 담겨 있던 영문 글자들과 숫자들이 눈앞에서 팽팽 돌고 있었다.

서울에 도착한 이후로 한숨도 자지 않은 탓이 컸다.

기지개를 펴자 자연히 하품이 나왔다. 두 눈을 부릅뜨고 모니터를 다시 쳐다보았다.

"최대한 빠르게 보내 줘야 하는데……."

닷컴 버블이 터진 후부터 08년까지 두 개의 시장이 최대 호황기를 맞이한다. 이번에는 시기와 폭에서 차이가 있겠지만 큰 흐름에는 변함이 없다.

부동산과 석유.

시안 작성이 길어지고 있는 까닭은 데이터로 다룰 수 없는 부분이 존재하기 때문이다.

부동산 시장 쪽은 어떻게든 끼워 맞출 수 있다. 그러나 문제는 석유 시장에 있었다. 석유 시장이 폭발하는 과정을 설명하기 위해선, 9.11 테러와 이라크 전쟁이 언급될 수밖에 없었다.

그런데 감히 어떻게.

그걸 다룰 수 있단 말인가.

미 중앙정보국(CIA)조차도 테러 조직의 위협이 임박했다는 걸 구체적으로 감지한 시기가 01년의 8월경이라 했다.

한데 오늘 00년 1월의 내가 먼저 그걸 다루고 있다면?

01년의 9.11 테러는 미국인들에게 세상이 뒤바뀐 날이었다.

'시작의 날'이 아니었냐고?

그것도 맞다.

하지만 좀 더 따져 보자.

그러니까 시작의 날 초기.

충격적인 사안임에는 틀림없으나, 대중들은 미디어 매체가 꾸준히 꾸며 온 외계(外界)의 공격에 학습되어 있었다.

그런데 시작의 날에도 첨단 과학 문명을 이룩한 거대 함선이 백악관 상공으로 내려앉는 일도, 광선으로 백악관을 파괴해 버리는 그런 일 따위도 일어나지 않았다.

저급한 공격 수단. 백을 조금 넘는 개체 수. 원시적인 생물체.

초기에는 그랬다.

그래서 외계에 우리 외(外) 문명이 실제로 존재하며, 우리 문명에게 공격적이라는 것 외에는 큰 위협으로 다가오지 않았다. 그리고 위협되는 것도 몬스터가 아닌 게이트 자체에 불과했다.

어떻게 시공간을 찢을 수 있는지. 그것을 막을 수 있는 방법은 없는지. 역으로 게이트에 진입하여 인류 문명의 힘을 보여 줄 수는 없는지 정도.

지금까지도 그게 의문이긴 하다.

몬스터 군단은 왜 그런 저급한 공격을 감행했을까.

우리를 방심시키기 위해?

고작?

그것보단 칠마제(七魔帝)가 첫날부터 제 존재를 드러냈다면 모든 걸 파멸시킬 수 있었다. 그때는 그 존재를 막을 수 있는 게 없었다.

어쨌든.

테러 조직이 벌였던 일은 달랐다.

테러 조직은 세계 경제와 미 경제의 상징을 침몰시켰다.

단 한 번의 공격으로 말이다.

우리나라는 IMF를 계기로 모든 면에서 크게 바뀌게 되지만, 미국과 세계 전반의 세상은 9.11 테러 전과 후로 나뉘는 것이다.

탁. 탁. 탁. 탁.

9.11 테러를 기록상으로 남겨선 안 된다.

투자 그룹 사내의 기밀로만 취급되는 일이라 해도 위험한 짓.

그것은 이후 미국의 역린(逆鱗)이 된다. 건드리면 죽임을 당한다는 용의 턱에 난 비늘. 바로 그것.

탁. 탁.

키보드 소리가 요란했다. 작성했던 부분을 또다시 날렸다.

「1. 93년도 세계무역센터 폭탄 테러 사건, USS 콜 테러 사건.

2. 코소보 전쟁의 발발로 발칸 반도에 대한 대외 관심 집중.

3. 아랍권에서 증폭되고 있는 반미(反美) 정서.

4. 현(現) 북미의 항공 보안 취약.

위와 사안들로 비추어 봤을 때 항공기를 이용한 테러 공작이 예견됨. 이에 대한 자세한……」

삭제. 삭제. 삭제.

*　　*　　*

그럼에도 세 천재들을 납득시킬 만한 시안이 꼭 필요했다.

런던의 질리언.

맨 섬의 제시카.

뉴욕의 김청수.

그들은 내 시안을 토대로 구체적인 전략을 세우고 각 그룹의 엘리트 군단을 지휘하는 자들이다.

내가 도화지를 준비해 주면 거기에 그림을 그리는 자들이란 거다.

장기 시안의 끝은 서브프라임 사태. 부동산 시장과 석유 시장의 대호황기를 거쳐, 서브프라임 사태와 함께 세계 경제 전반이 일제히 마비되어 버리는 그 날까지.

각 그룹의 수익률은 그들이 어떤 그림을 그릴지에 따라 달렸다.

'부동산과 석유가 앞으로 꾸준히 상승할 테니까 그것들을 선매점하고, 이후에는 거품이 터질 테니까 계산에 넣어 두시오.'

그따위의 지시로는 그들의 재능이 아깝다.

현물, 선물, 옵션, FX마진거래.

주식, 원자재, 부동산 등.

모든 시장, 거래가 가능한 모든 상품. 모든 영역에 걸쳐서 그들이 날뛸 수 있는 판을 깔아 줘야 한다는 것이다.

그래서.

합의점을 본 것이 올해 9월에 있을 미 대선이었다.

전(前) 미 대통령을 탄생시켰던 석유 재벌 일가에서 또

다시 43대 미 대통령을 탄생시킨다. 그는 지금 텍사스주의
주지사로 있다.

그의 아버지였던 전 미 대통령은 걸프전을, 본인은 이라
크전을.

그가 이라크를 침공했던 사건 또한 석유 시장을 폭등시
키는 결과를 낳는다.

좋아.

가닥이 잡혔다.

막혔던 부분의 소제목들부터 뽑았다.

　　「1. 2월, 슈퍼 화요일(Super Tuesday)의 예상
　　　결과」
　　「2. 1안에 따른 9월, 미 대선의 예상 결과」
　　「3. 직임 후 파생될 사안들에 대한 관점」
　　「4. 이라크의 석유 매장량과 석유 시장의 영향력」
　　「5. 결론」

　　　　　　　*　　　*　　　*

슈퍼 화요일.

그날 있는 공화당 전당 대회에서 대의원들이 대통령 후

보를 선출하지만. 텍사스 주지사는 그의 도덕성과 지역구 주민들과의 융합을 강조해 왔기 때문에, 지지 기반에서 분위기를 띄우는 것을 초반의 유세 작전으로 삼았다.

주변에 보이는 것이라곤 밀밭밖에 없는, 이 외딴 주택에도 텍사스 주지사의 캠프 사람들이 다녀갔던 흔적이 남아 있었다.

사내는 홍보 전단이 붙어 있는 공간을 지나쳤다.

끼이익—

밟은 한 곳에서 낡은 판자 소리가 났다.

던전의 나무문에서 났던 그 소리와 똑같았다.

바로 사내의 두 눈이 휘둥그레졌다.

곧 과민하게 반응했다는 것을 깨닫고는 자존심에 상처를 입었다.

엄청난 역경을 극복했던, '역경자' 답지 않은 모습이 아니던가.

깊은 밤.

그렇게 고양이 같이 2층 창문을 넘었다.

사내는 그 집 안에 살고 있는 사람부터 찾아다녔다.

2층의 방들은 잡동사니들을 쌓아 둔 창고로 방치되어 있었다.

그러다 한 방에서 처음으로 사람을 발견했다.

하지만 사내는 본래 계획과 달리 문을 조용히 닫고 지나 쳤다.

방 안에는 어린 소년이 있었다. 나이 때문이 아니었다. 쓰레기 같은 방구석에서 추위와 싸우고 있는 광경을 보자 생각하기 싫은 과거가 떠올랐기 때문이었다.

그 후.

사내는 계획대로 움직였다.

이 집안의 구성원은 총 세 명이었다.

어린 소년과 소년의 부모.

소년의 부모는 어김없이 사내의 폭력에 노출되고 말았 다.

시간이 흘러 동이 텄다. 그때까지도 사내는 집주인 부부 에게 아무런 요구가 없었다. 안방이 제일 따뜻했기에 거기 서 자리를 잡고 있는 게 전부였다.

한편 아침에 부모를 찾아 내려왔던 소년은, 얼굴이 흉측 하게 망가진 제 부모 옆에서 바들바들 떨고 있는 중이었다.

이윽고 사내가 처음으로 입술을 뗐다.

시선은 소년을 향했다.

"벗어 봐."

소년은 사내의 목소리가 소름 끼쳐서 울음을 터트렸다. 그런데 그걸 막아선 건 사내가 아니라, 오히려 소년의 아버지였다.

소년의 아버지가 신음을 토하며 말했다.

"……시키는 대로 해. 짜지 말고."

소년이 옷을 벗는 속도는 정말 느렸다.

답답하다는 듯이 노려보는 소년의 아버지, 그걸 또 느긋하게 관전하고 있는 사내가 만들어 내는 분위기는 결코 일반적인 게 아니었다.

소년이 셔츠를 벗고 바지까지 벗었다. 그런 다음 사타구니를 가리고 있는 속옷마저 벗으려고 할 때.

사내의 새로운 명령이 떨어졌다.

작은 목소리지만 분명하게 퍼지는 목소리였다.

"됐어. 이리로 와."

이번에도 소년의 아버지가 겁에 잔뜩 질린 소년을 말로써 밀어붙였다.

그때 소년의 속옷과 허벅지 사이로는 오줌이 흘러나오고 있었다. 하지만 오줌의 지린내야, 소년의 두 부모가 흘려 댄 피비린내에 묻힐 정도다.

소년은 사내에게 다가갔다.

그러나 소년의 부모가 예상했던 그런 일은 일어나지 않았다.

침입자인 사내는 소년을 처음처럼 응시하기만 할 뿐, 그들의 어린 아들에게 손끝 하나 대지 않았다.

애초에 사내는 소년을 범할 목적으로 이 집에 침입한 게 아니었다.

박스는 물론 1포인트도 주지 않는 민간인 추격자들.

심지어 그것들을 제거하라는 퀘스트조차 뜨지 않기에 귀찮기만 한 존재들.

국경을 넘기 직전에 그것들에게 다시 쫓기다 은신처로 제격인 곳을 발견했고, 여기에서 어린 시절의 자신과 닮아 있는 소년을 발견한 것밖에 없었다.

사내의 예상대로였다.

소년의 낡은 옷 속에 가려져 있던 흉터가 여린 몸 위로 고스란히 드러나 있었다.

불에 지지고. 포크로 찌르고. 혁대로 때린 아동 학대의 흔적들.

그것들을 보자 사내의 머릿속은 어김없이 어릴 적 기억들로 번쩍여 댔다.

생각하고 싶지 않아도 제멋대로 머릿속을 휘젓는다.

태아 때부터 정신 바짝 차리고 살아왔다. 그랬기에 아버지란 인간에게 매일 같이 맞으면서 자랐던 유년기의 기억 또한 선명하게 박혀 있었다.

그러나 정작 사내가 극도로 증오했던 대상은 그를 때린

아버지가 아니라, 이를 방관하던 그의 어머니였다.

아니.

방관뿐이라면 괜찮았을 거다.

하지만 어머니의 시선은 항상 끔찍했다. 제 자식을 악마 보듯 했으니까.

아기는 혼자 태어나지 않는다.

세상에 나온 모든 아기는 태아와 모(母)가 엄청난 역경을 딛고 만든 결실이다.

그걸 누구보다 잘 알고 있는 사내였다.

그랬기에 모친에게 느낀 배신감은 이루 말할 수 없이 컸다.

지금까지도 생생할 만큼.

"재밌네."

자신을 학대했던 아버지도, 자신을 악마로 여겼던 어머니도, 그리고 저주받은 어린 자신도.

모두 앞에 놓여 있었다.

사내는 진심으로 즐겁다는 듯 입술을 핥았다.

스윽.

사내가 의자에서 일어나자 소년의 두 부모가 동시에 소리쳤다.

"이 씨발…… 시키는 대로 하고 있잖아! 마음대로 하라니까. 그러니까!"

"살, 살려 주세요! 제발!"

둘은 필사적이었다.

"네가 말해 봐. 저 인간들을 살려 줬으면 좋겠어?"

사내는 소년에게 물었다.

하지만 뭔가를 대답하기엔 소년은 너무나 겁에 질려 있었다.

사내의 고개가 천천히 끄덕여졌다.

마치 소년의 마음을 알겠다는 듯. 사내가 소년을 달래는 어투로 한 마디만 내뱉었다.

"나는 죽였어."

지금껏 사내의 후회는 하나뿐이었다. 끝까지 버티다가 마지못해 저질러 버릴 게 아니라, 퀘스트가 떴던 순간에 바로 완료해야 했었다.

그게 두 번째 잭팟이었다.

차순위 각성 보상 다음으로 얻은 첼린저 박스였으니까.

사내는 소년을 향해 씩 웃어 보였다. 그러나 기분이 좋아 보이는 미소는 아니었다.

오래된 상처가 또다시 그의 가슴을 꿰뚫고 있었다.

대체 언제까지…….

〈 언제까지 보스라고 부를 테냐? 〉

〈 한번 보스는 영원한 보스죠. 시안 들어왔죠? 〉

〈 그 애길 줄 알았다. 〉

〈 이건……. 〉

〈 장기 시안 때문이지? 〉

〈 숨이 멎어 버리는 줄 알았어요. 디렉팅 부서, 외계인들을 납치해 놓은 게 아닐까요? 웃고 있는 거 아니죠? 저 지금 장난으로 하는 말이 아녜요. 어느 때보다 진지해요. 〉

〈 그쯤 해 둬. 회선 상으로 다룰 이야기가 아니야. 조만간 한번 만나지. 각 그룹의 대표 대 대표로. 〉

〈 멀리까지 갈 것도 없어요. 내일 바로 갈게요. 거기서 꼼짝 말고 기다리세요. 〉

제시카는 막상 영국령인 맨 섬에서 거주 중이면서도.

시티 오브 런던.

그러니까 시티(the City)에 방문한 건 이번이 처음이었다.

그녀는 시티의 진입 구간을 알리는 표지판 밑에서 숨을 크게 쉬었다.

"후우―"

진정한 낙원의 향기다.

'하지만 여기가 낙원이라는 걸 영국인들도 잘 모르고 있지.'

제시카는 고층 빌딩 숲을 향해 걸어 들어갔다.

아는 사람들만 안다.

제곱 마일을 조금 넘는 작은 지역에 불과하지만.

현금이 많은 자들에게 있어서만큼은 지구상 어떤 나라도 제공하지 못하는 권리와 특혜를 누릴 수 있는 곳이 바로 여기였다. 그리고 그러한 특혜는 철저하게 비밀에 부쳐진다.

대헌장 제39조에 의거, 독자적인 자치권을 누리는 치외법권 지역.

영국의 군주(여왕)도 여기에 방문하기 위해선 길드장(시장)에게 허락을 받도록 되어 있었다.

"어서 와라."

질리언이 모니터에서 시선을 떼지 않은 채로 제시카를 맞이했다.

제시카는 질리언의 집중한 얼굴을 빤히 쳐다봤다.

'역시 한숨도 못 주무셨구나.'

그녀 또한 그랬다.

장기 시안에는 사실과 가정이 맞물려서 수많은 사안들이 연쇄적으로 파생되고 있었다.

그리고 그 사안들이 일점(一點)으로 모였을 때.

이번에는 어느 강대국 하나의 몰락이 아닌, 전 세계의 몰락을 예고하고 있었다.

콰과과광!

삐—

전 세계의 경제가 마비되는 순간을.

하지만 그 일이 정말로 일어난다면, 전례에 없는 엄청난 대박을 만들어 낼 수 있었다.

제시카가 말했다.

"저는 그럴 수 있다고 봐요. 당장은 소설 같은 이야기지만…… 데이터와 예상치들을 보면 어김없이 또 현실이 될 것 같단 말이죠. 러시아만 해도 누가 그렇게 무너질 거라고 예상했어요?"

"이번 사안은 러시아 파산과 비교할 수준이 아니지. 하지만 그것 때문에 부른 게 아니야."

"그럼요?"

"이번에도 룰은 같다. 그룹 순 재산에 해당하는 투자만큼은 시안을 기초로 하는 이상, 우리가 짊어질 책임은 없어. 난 그게 싫어."

"보스의 그룹은 연기금도 받고 있잖아요. 그리고 공화당 전당 대회의 결과를 지켜봐도 늦지 않아요."

"녀석. 넌 느끼지 못했군."

"예?"

"이게 우리를 바보로 만들고 있다. 제시카. 시안의 천재성에 의존하는 건 한 번이면 족해. 이래서는……."

질리언은 모니터를 툭툭 건드렸다.

거기에는 어제 받은 장기 시안이 선명하게 띄워져 있었다.

"어디예요?"

"……."

"실버만? AP 머건? 로트실트? 그들이 투자 금액을 얼마나 제시했는지 모르겠지만요, 보스. 뭔가 대단히 착각하고 있는 거 아니에요?"

제시카는 질리언에게 다가갔다.

"식재료만 제공받는 것뿐이잖아요. 그걸로 어떤 요리를 할지는 우리 몫인 거죠. 좋은 식재료를 두고 왜 자책해요. 우리가 농부예요? 어부예요? 우린 요리사예요."

말을 마쳤을 때에 제시카는 질리언이 앉은 의자 뒤에 서 있었다.

제시카는 질리언의 대답을 기다렸다.

그러나 조용하기만 했다.

묵묵히 모니터 안의 시안만 바라보고 있는 질리언의 뒷모습에, 제시카는 어쩐지 마음이 시큰해졌다.

알 것 같았다.

보스가 어떤 감정에 휩싸였는지.

그래서 제시카는 천천히 질리언의 목을 껴안았다.

그녀가 속삭이듯 말했다.

"분야가 다르잖아요. 시안의 천재성 앞에 무너질 이유도 필요도 없어요. 저들이요? 대단한 천재들이긴 하죠. 하지만 저들은 각 전문가들이 팀을 꾸린 집합체인 반면에 우리는 혼자서 싸우죠."

"……."

"이 방면에선 우리가 최고예요."

"제시카……."

"가만히 있으세요. 모처럼 어리고 아리따운 미녀가 분위기 잡고 있잖아요."

"왜 우리냐. 언제부터 그렇게 됐지?"

"대표 대 대표로 만나자면서요."

"취소다."

"그럼 남자 대 여자로는 어때요?"

그 날 밤.

질리언은 먼저 잠들어 버린 제시카의 나신 위에 이불을 덮어 준 후 거실로 나왔다.

창문을 열자.

휘이잉.

한겨울의 바람이 따귀를 때려 왔다.

뜨거워졌던 몸과 마음을 식히기에 충분한 것이었다. 그 바람을 맞으며 질리언은 생각에 잠겼다.

'그래.'

제시카의 말이 맞다. 시안의 천재성에 압도될 필요가 없었다.

공화당 전당 대회와 미 대선의 향방, 현 텍사스 주지사의 행동학적 분석, 미 경제 사이클, 세계정세, FED의 금리 정책 방향 분석, 미 부동산 시장의 전문가적 관찰, 금리 인하에 따른 메이저 은행들의 투자 예상 시나리오, 세계 4대 석유 시장의 향방, 거시적 경제의 흐름을 살피는 예리한 분석 등등.

결코 그 모든 것을 한 사람이 꿰뚫어 볼 수는 없는 일이었다.

각 분야의 전문가들이 심혈을 기울여서 만들어 낸 결과물이 분명했다.

최소 백 명.

그리고 그 휘하에서 움직이고 있을 연구원들까지 다 합치다면, 그 수가 일만에 가까운 대규모의 조직일 게 분명한 일이다.

백 명 이상의 천재들이 뭉쳐서 만 이상의 연구진들을 다루고 있는데.

거기에 대고 자신을 비교했던 건 어리석은 일이었다.

'이 시각에도 디렉팅 부서는 활발하게 돌아가고 있겠지? 어딜까…….'

질리언은 어딘가에 분명히 있을 디렉팅 부서를 쫓듯, 어둠이 가득한 먼 하늘을 바라보기 시작했다.

* * *

공사가 끝난 지역은 수원, 인천, 평택, 임실, 진안, 전주.

"여섯 곳이나?"

이어서 쭉.

여섯 곳을 공략하겠다는 계획을 들려줬기 때문이었다.

우연희가 동그래진 눈을 깜박거렸다.

"가능해."

혼자서도 공략이 가능하다.

그러나 우연희를 대동하면 공략 시간을 단축시킬 수 있

는 데다가 그녀와 퀘스트 포인트를 공유할 수도 있다. 이후 E 등급 던전을 공략하기 위해서라도 애송이 육성은 필수적이었다.

"F 등급 던전 하나를 끝내면서 얻을 수 있는 퀘스트 포인트는 최소 4000포에서 최대 7000포까지. 평균 5500포로 잡고. 여섯 개 공략을 마치면 33000포를 기대할 수 있다. 몬스터 포인트를 제외해도 실버 박스 36개 분량이지."

그것도 우리나라에서만.

E 등급 던전은 F 등급 던전의 모든 포인트를 빨아먹은 다음에 진행해도 늦지 않다.

그래야만 했고, 이는 엄청난 이점이었다.

던전을 독점하고 있는 집단만이 누릴 수 있는 특권이니까.

독점(獨占)!

그것이 얼마나 대단한 특권인지 알고 있을 리가 없는데, 우연희가 강한 의욕을 보였다.

"언제 출발할 거야? 나는 언제라도 준비됐어. 아자! 아자! 파이팅—!"

아마도 그 사건 이후부터였던 것 같다.

내 기억의 파편에서 칠마제 중 한 존재를 보고 만 이후.

그녀는 그 공포스런 존재를 머릿속에서 떨쳐 내기 위해 무던히도 애썼다.

그런 게 가능할 리는 없었다. 대신 그녀는 뜻밖의 결론에 이른 것 같았다.

도망치기보단, 준비해 두기로 말이다.

애송이의 멘탈이 날이 갈수록 강해지고 있었다.

좋은 성장이다. 리더이자 육성가로서 흡족할 수밖에 없는 일이었다.

"그런데…… 칠마제는 F 등급 던전에서는 절대 마주치지 않는 게 분명한 거지?"

우연희가 어김없이 물어 왔다.

"그래. 먼 미래의 일이지."

물론 칠마제와 마주쳐 놓고 어떻게 살아남을 수 있었냐고, 반문해 왔던 적이 없던 건 아니다.

거기에 대고 사용한 변명은 예지몽이었다. 이미 초자연적인 세계의 구성원으로 살아가고 있는 그녀로서도 크게 의심을 품지 않고 넘어갈 이야기였다.

맞다.

지금까지도 그녀는 내가 시간을 역행해 온 걸 알지 못한다.

"배낭은 각자 알아서 꾸리기로 하고."

금고를 열었다.

"받아."

여분의 아이템.

F 등급의 보호 장갑을 꺼내 던졌다.

이전에도 그녀에게 아이템들을 건넸던 적이 있다. 하지만 그때는 그녀도 아이템 한계 개수를 채우며 '수집자' 특성을 띄우게 하기 위해서였지, 지금처럼 완전히 인계하기 위해서가 아니었다.

"지금부턴 네 거다. 300포짜리라고 우습게 보지 마. 그게 네 목숨을 살려 줄 때가 있을 테니까."

"고마워. 소중하게 잘 쓸게."

우연희는 기뻐 보였다. 슬슬 아이템 욕심이 날 법도 한데, 아직까지도 기존의 계약을 고수하고 있는 그녀였다.

그게 계속 신경 쓰였다. 정말 돈 때문에 그 계약을 고수하고 있는 걸까?

"계약 바꾸고 싶으면 말해."

"신경 안 써도 돼. 이런 걸 돈으로 바꿀 수 있다면 진즉그렇게 했을 거야."

"신경은 무슨."

"신경 써 줘서 고마워. 바꾸고 싶다 생각 들면 말할게."

"나 지금, 대화하고 있는 거 맞냐?"

"헤헤."

우연희는 본인이 한때 내 담임 교사였다는 사실을 잊어

버린 듯했다. 강아지처럼 웃어 버린다.

"배낭에 영어 회화 공부할 것 좀 챙겨 와."

"리더의 지시는 절대적이라지만…… 던전에서 영어 공부를 하려고?"

"우리나라 다음에는 미국 차례야. 여권 있어?"

"없지."

"그것부터 신청해 둬. 한 번에 쭉 돌 거다. 예지몽에서 본 F급 던전들 전부. 법인 일 믿고 맡길 만한 사람은 만들어 뒀겠지?"

"그건 그런데, 여섯 군데가 끝이 아니었네. 총 몇 군데야?"

"우리나라 여섯, 북미에 넷, 일본에 열, 유럽에 둘. 아마도 거기까지."

우연희가 놀란 눈을 하며 되물었다.

"아마도야?"

"최대 서른 개까지도 보고 있다."

기억을 하나씩 더듬다 보면 더 늘어날 수도 있다. 거기에 기대를 걸어 본다.

"그건 그때 가 보면 알 일이고 지금은 우리나라 던전부터."

"아…….."

우연희는 할 말을 잃은 듯했다.

만일 우연희의 정신계 능력이 최고조에 이르러 대상의

기억까지 읽어 낼 수 있었다면, 위험을 감수하고 그녀에게 내 정신세계를 내맡겼을지도 모른다.

그랬다면 남은 F 등급 던전은 두 자릿수로 그치지 않았을 것이다.

C급 이하의 던전들에 대한 기억들은 대체로 길드장 시절의 것들이다.

동아시아와 북미의 던전 현황을 다뤄야만 했던 그 시절은, 월가에서 수천 개 주식과 채권들을 다뤘던 시절과 크게 다르지 않았다. 애송이들을 육성하기 위해, 이익을 내기 위해, 길드를 유지하기 위해.

공략이 가능한 던전 정보를 수집하고, 결정했다면 던전에 진입할 수 있는 방법까지 도모해야 했던 시절이었다.

"준비 끝나면 빡세게 돌 거다. 최소 반년 이상. 계산에 넣어 둬. 우연희."

Chapter 5.

　우리나라가 내게 했던 짓을 제외하고도, 시작의 날 이전
과 이후 전부를 통틀어 해 왔던 일들을 돌이켜 보면. 이런
나라 따위는 진즉 버리고 국적을 바꿨을 일이었다.

　하지만 별수 있나.

　우리나라에 태어난 이상, 부모님의 삶은 이 나라의 운명
과 연동되어 있는 것을……

　친인척뿐만 아니라 부모님께서 정을 쏟고 있는 많은 사
람들이 당신들과 같은 나라의 국민이며, 그 사람들과의 교
류가 우리 부모님의 행복에 지대한 영향을 미치는 게 사실
이었다.

그걸 절실히 깨달은 건, 본 시대에서 어머니를 모시고 우리나라를 떠났을 때였다.

어머니께서는 당시로는 보기 드문 특급 안전 가옥에 거주하시며 고용인들을 두는 삶을 누리셨음에도 향수(鄕愁)가 대단하셨다.

이모를 간신히 찾아내는 데 성공해, 그렇게 모셔 왔어도 어머니의 향수병은 나아질 듯하다가 그때 잠깐뿐이었다. 오히려 이모까지 덩달아 우리나라의 모든 걸 그리워하셨다.

사람. 음식. 추억이 깃든 거리.

그 모든 게 부질없어져 버린 세상에서도 말이다.

우리나라에 관심을 쏟고 있는 까닭이 바로 그 때문이다.

접선 장소로 들어온 차량은 대후 자동차에서 얼마 전에 발매한 고급 세단이었다.

운전석에서 기사가 내렸다. 그는 한국인으로 조나단의 전용 기사 올마이티처럼, 제이미가 부리는 수족임에 틀림없었다.

다부진 체구에 걸맞은 인상.

그가 상전을 대하듯 허리를 깊숙이 숙였다.

"대표 이사님께서 모셔 오라 하셨습니다. 이해해 주셔서 감사하다는 말씀 또한 전해 달라 하셨습니다."

제이미는 더 이상 후드를 눌러쓴 채로 사무실에 방문할 수 있는 처지가 아니었다. 이번 접선 방식은 그녀가 먼저 제안했다.

어차피 기사에게 물어서 나올 대답이 아니었다.

그는 운전을 시작한 이후로, 내게 먼저 말을 걸어오지도 백미러로 이쪽을 확인하지도 않았다.

강북으로 빠졌다.

오래된 빌딩의 지하 주차장으로 들어갔다.

거기에서 제이미와 만났다.

그녀의 눈짓에 따라, 그녀가 타고 있는 차량으로 옮겨 탔다.

운전석과 조수석에 있던 사내들은 기다렸다는 듯이 내가 타고 온 차량으로 이동했다. 그렇게 차량 안에는 제이미와 나, 단둘만 남았다.

"이렇게 모실 수밖에 없었어요."

그녀가 내 눈치를 살폈다.

"최근 이 나라 정부의 감시가 심해졌어요."

"어디까지입니까?"

"그룹 임원진들의 도청과 미행은 기본이 됐죠. 우리들로서도 자구책을 강구하고 있고 조만간 효과를 볼 거예요. 에단의 고객분들에게 피해가 되는 일은 없을 거라고 확실하게 말씀드릴게요."

"일단 봅시다."

그녀는 일전에 구두로 이야기했던 바들을 서면 자료로 보충해 왔다.

메일로 보내기에는 마음이 놓이지 않았던 모양이다.

「 전일 인베스트먼트. 자산 운용 보고서 」

결과는 흡족했다.

그동안 전일에는 세 차례에 걸쳐 총 350억 달러가 투입됐었다. 환율이 고공 행진할 때 들어간 달러라서 위력은 배가 되었다.

지금 검토 중인 '최대주주 및 대주주 보유분 현황'을 보자면.

코스피에 상장된 902개의 종목 중, 230개가 넘는 종목에서 최대주주와 대주주 권한을 확보하고 있었다.

이러니 정부의 감시는 당연하다.

한자권 이름을 쓰고 있다고 해도, 어쨌거나 전일 인베스트먼트는 외국계 그룹이지 않은가.

나라에 환란이 닥치고 IMF의 무리한 요구에 쩔쩔매는

동안, 전일 그룹은 우리나라 경제의 25%를 잠식해 들어갔다.

상업용 부동산, 빌딩과 센터들을 비롯한 대형 집합 건물은 물론. 비상업용 토지들까지.

가리지 않고 먹어 치운 것이다.

마치 나락개미들처럼.

우리나라 정부의 시각에서는 IMF를 곧 탈출해도 더 큰 문젯거리가 남겨진 셈이었다.

나라의 사지 중 하나를 빼앗겨 버린 것은 그렇다 쳐도, 전일 그룹이 외국계인 이상 목표했던 수익권에 접어든다면 일제히 철수할 수도 있다.

그때 제 2의 IMF가 도래할 수 있다는 것이 현 정부의 뻔한 시각일 것이다.

"박충식이라는 이사가 재통령(財統領)이라고 불리고 있다는 건 들었습니다."

"……그건 제가 설명드릴 수 있어요."

제이미가 당혹한 기색을 보였다.

"아니요. 이전보다 더 지원해 주십시오. 정, 재계에서 재통령이 아니라 재왕(財王)이라고 떠들어 댈 만큼의 수준으로 대폭."

순간 제이미의 동공의 흔들렸다.

"그렇게 돼도 제이미의 대표 이사직에는 변함이 없을 겁니다. 어디까지나 그는 한국인입니다. 한국인이 전일 그룹의 대표 이사가 되는 경우는 없을 겁니다."

"주제넘는다고 생각하실지 모르겠지만, 꼭 들어야 할 대답이 있어요."

"말씀하세요."

"에단의 고객분들께선 우리 그룹을 이 나라에서 철수시킬 계획이 있으신가요?"

두꺼운 보고서를 첫 페이지로 되돌렸다.

제이미는 거기에 그만큼이나 수익을 냈다고 어필하듯, 현재까지의 예정 수익을 다뤄 놨다.

「 그룹 순 자산 총 가치 : 149,620,000,000 $ 」

거기를 가리키며 뇌까렸다.

"고작 이걸로 말입니까?"

이 시절의 환율과 한 해 국가 예산을 계산했을 때, 전일 그룹의 자산은 우리나라를 2년간 운영할 수 있는 양이긴 했다.

"유보금은 쌓아 두지 말고, 들어올 때마다 이 나라 시장에 재투입하십시오. 길게 보고 갑시다. 그리고……."

가지고 온 오늘 자 일간지를 내밀었다.

그녀도 이 기사에 대해 아는 눈치였다.

「전일 그룹. 심각한 국부(國富) 유출.

외국인 주식 투자 한도가 종목당 50%로 늘어난 이래 잡음이 끊이질 않고 있다.

외국인들이 5% 이상 지분을 취득한 국내 상장 회사는 모두 250여 개.

일성 전자, 코리아 텔레콤, 대현 건설 등의 30개 상장사의 경우 외국인 지분 합계는 진즉 최대주주의 지분을 훨씬 넘었다.

'10% 이상 취득 시 이사회 사전 승인제'가 폐지돼 외국인들은 그동안 사 모은 지분을 합치기만 해도 국내 대표 기업들의 경영권을 장악할 수 있게 된 것.

특히 30대 그룹 상장 계열사 내부 지분율이 25%이므로 사실상 국내 회사들은 외국인들의 '기업 사냥'에 무방비가 된 것.

국내에 진입한 외국 자본이 펀드 자금일 거라는 일반적인 인식과는 달리 대후 그룹과 외환 은행의 인수 업체로 잘 알려진, 전일 그룹의 주도적인……

<하락>」

"제이미를 영입한 것은 이런 소리가 나오지 않게끔 하기 위해서였습니다."

"이 나라의 진보 쪽 일간지라…… 죄송합니다. 내일 반박 논조의 기사를 보실 수 있으실 거예요."

"외국 자본을 들여와 외환 위기를 극복할 힘을 보탰다, 중장기적으로는 이 나라 기업들의 경영 행태가 크게 개선될 전망이다 등등. 그런 걸 어필하라고 거기에 앉혀 둔 게 아닙니다. 그건 그룹 내 한국인 직원들이 알아서 할 일이고."

"네."

"제이미. 금 모으기 운동 때 보니까 카메라발 잘 받던데, 그 미모 그대로 썩힐 겁니까?"

"무슨 말씀인지 알겠어요."

"제이미가 무척 바쁜 건 알고 있습니다. 하지만 바쁘다고 해서 일에 경중(輕重)을 가리지 못할 사람이라고 생각지는 않습니다. 예능, 시사, 다큐 가리지 말고 나가십시오."

"예……."

"우리가 외국계이지만 외국계처럼 보여서는 안 된다는 것 명심하고."

적어도 우리나라 대중들에게는 말이다.

"다시는 실망시키지 마십시오."

＊　　　＊　　　＊

한동안 먹지 못할 집밥이었다.

더욱이 오늘따라 어머니는 밥상에 힘을 주셨다.

식탁에는 환갑잔치처럼 그릇 놓을 자리가 없을 만큼 정성스런 요리들로 가득 차 있었다.

아버지께서도 평소보다 일찍 퇴근하신 자리였다.

"어디서 지내는 거냐?"

"회사 근처에 룸 하나 잡아 놨대요."

"회사 근처라면 맨해튼일 텐데, 거기서 널 정말 좋게 보는 모양이다. 짜식이 아버지보다 출세했어. 미국 물도 먹고."

"그만 좀 마셔. 아들 떠나는 마지막 날까지 코가 삐뚤어져야겠어?"

어머니는 말로만 그러셨다.

"당신도 오늘만큼은 한잔해."

아버지께서 따라 주는 소주를 거부하지 않으신다.

"그럼 언제 들어오냐?"

"원서 접수해 주시면 검정고시 치는 날, 한 번 들어올 거예요."

"잘 생각했다. 그렇지 않아도 네 상황이나 우리나라 시국 때문에 고등학교 졸업이고 명문대고 다 뭔 소용이냐 생각했을까 봐 말해 두려는 참이었지."

"예."

"알아보니까 월가만큼 학력에 시달리는 곳도 없다더라. 여기보다 더하다네. 제대로 월가에서 자리 잡으려면, 그쪽 명문 대학의 졸업장이 필요할 거야."

"여보. 애 부담 주지 마. 가뜩이나 먼 길 가는 애한테 무슨 말을."

"부담이 아니라 현실이 그렇다니까. 그리고 어렵거나 갑자기 아프기라도 하면 어떻게 해야 한다?"

"걱정 마세요. 아버지 친구분께 꼭 연락할게요."

"네 성격 다 아는데…… 말만 그러지 말고 진짜 그래야 한다. 아빠 불알친구야. 가서 바로 인사드려. 공항까지 나오겠다는 거는 말려 놨다. 너 그런 거 싫어하잖냐."

그 일 때문에 국내의 던전이 아닌, 북미의 던전부터 공략하는 걸로 계획이 바뀌긴 했다.

하지만 순서쯤은 상관없었다. 나는 웃어 보이며 대답했다.

"예. 아버지."

"한잔할래?"

"여보."

"나도 선후만 할 때부터 마셨는데 뭘. 여기서 배워 가야 지."

아버지와 처음으로 하는 대작(對酌)이었다.

기분이 색다르다.

월가의 패잔병이 돼서 집구석에 틀어박혔던 날이 아닌, 명목상이나마 이 나이에 벌써 월가로 진출하는 날이었으니 까.

잔에 채워지는 맑은 액체 위로, 아버지와 매일 같이 대작하던 패잔병 시절의 기억들이 새삼스레 떠오르기 시작했다.

그때는 왜 그렇게 아버지의 마음을 아프게 했을까.

몸만 컸다. 내 기분만 생각했던 철부지 애송이였다.

지금에 와서 생각해 보면 술상을 준비했던 사람은 언제나 아버지셨다.

아버지께서 적당히 취하시고 어머니의 뺨에도 홍조가 어릴 무렵.

"아들. 나도 인생을 다 산 건 아닌데 그 말이 참 인상 깊더라. '인생이란 산을 오르는 것과 같다.' 오르다가 힘들면 보통 어떻게 하지? 산이 너무 높다고, 내 체력이 이것밖에 안 된다고 원망도 절망도 하지 않잖아."

그래. 이게 아버지 삶의 모토셨다. 패잔병 시절에도 이 말씀으로 나를 위로하려 하셨지.

"그 자리에서 쉬었다가 다시 올라가거나, 내려와서 밥 잘 먹고 잘 자고 다음에 다시 도전하잖냐."

그 잔이 마지막 잔이었다. 아버지께서는 남은 술을 마저 넘기신 다음 나를 응시하셨다.

걱정이 가득 실린 시선은 비단 아버지뿐만이 아니다. 어머니께서도 시간을 자주 확인하시며 아버지와 똑같은 시선으로 나를 바라보고 계셨다.

"하지만 그냥 내려올 수도 있는 거야. 꼭 그 산만 있는 게 아니야. 가서 한계에 부딪치면 속으로만 썩히지 말고, 집으로 돌아와라. 나하고 네 엄마가 항상 여기에 있어."

*　　　*　　　*

「 2000년 세계 억만장자 순위

1999년 12월 집계 (단위 $)

1. 존 도　　　　1683억　조나단 투자금융　USA

2. 조나단 헌터　1617억　조나단 투자금융　USA

```
     3. 리처드 게이츠    900억    나노 소프트        USA
     4. 플린트 버핏      315억    요크셔 해서웨이  USA
     5. 밀 알렌         300억    나노 소프트        USA
     ……

     216. 정주형         18억     대현 그룹    Korea 」
```

이름이 나선후로 쓰이지도, 국적이 Korea로 표기되지도
않았다.

미 재무부 장관이 미친 짓을 감행했다면 이렇게 조용히
비행기에 탑승할 수 없었을 것이고, 뉴욕행 비행기가 아닌
도쿄행 비행기에 타고 있을 일이었다.

새벽발 비행기였다.

우연희는 난생처음 타 보는 비행기에 즐거워했다. 게다
가 일등석이기까지 했으니 꽤 재밌어했지만 그것도 오래가
지 못했다.

어느새 잠들어 있었다.

뉴욕에 도착한 이후.

아버지께서 주신 퀘스트부터 이행했다. 친구분의 회사에
들러 상당한 덕담을 들은 후에야 뉴욕 조직의 요원들과 만
날 수 있었다.

이미 우연희에게도 적당히 들려줬었다. 그럼에도 그녀는

근육질 남자들로 가득 찬 승합차량 안의 분위기에 적잖이
놀라는 기색을 보였다.

"말했잖아."

"그렇긴 한데……."

우연희의 시선이 바쁘게 돌아갔다.

자동 소총을 장비한 채로 묵묵히 앉아 있는 요원들을 살
피다가 내게 몸을 기울여 왔다.

그녀가 내 귀에 대고 아주 조그맣게 속삭였다.

"외부에 알려져서는 안 되는 일이잖아. 이 사람들 믿을
수 있어?"

이것 때문에 놀란 거였군.

"그런데 이 사람들하고 무슨 일 있었어?"

구성원은 일전의 그대로였다.

우연희는 그중에서도 특히 조수석의 믹에게 관심을 보였
다.

그녀가 어김없이 믹을 눈짓으로만 가리켰다.

"누구야?"

"왜."

"감정이 복잡해. 다른 분들은 널 두려워하고 있지만, 저
분은 애매해. 두려워하면서도…… 그래. 경외(敬畏)가 맞겠
다."

"일전에도 한 번 같이했던 자들이다. 이자들의 감정이 생생히 다 느껴지다니, 오늘따라 감응이 잘 받는 모양인데?"

"그렇네. 아무튼 같이했다는 것은 던전 입구까지만인 거지?"

"물론."

"나는 그렇게 생각해. 무시무시한 몬스터들과 싸우는 것보다 우리가 세상에 드러나는 게 더 무서운 일이야. '그날'이 오기 전에는 우리, 별종이잖아. 돌연변이 같은 거."

"많이 컸네. 우연희. 그런 말도 할 줄 알고. 걱정 마라. 그런 일은 없으니까. 내가 돈을 폼으로 벌고 있는 게 아니야. 그리고 그런 걱정은 네가 할 게 아니라 내 몫인 거지. 넌……."

"더 이상 잔말 않고. 지시에 따를게."

"그래. 인마."

핸들을 높인 BTA 오토바이 떼가 요란하게 지나쳤다. 차선 구분 없이 제멋대로 활개 칠 수 있을 만큼, 도심지에서 벗어난 도로였다.

그것들 중에서 비교적 젊은 층에 속하는 것들은 우리 차량의 운전석을 향해 가운뎃손가락을 내밀어 보이곤 했다.

운전을 맡은 요원은 오히려 속도를 늦췄다.

폭주족과 시비가 붙어서 좋을 게 없기 때문이었다. 가뜩이나 비밀 임무를 수행하고 있는 중이다.

제대로 된 도로가 없는 마을 몇 개를 지나쳤다.

때는 밤.

꼬박 열두 시간을 넘게 달려서 목적지에 도착했다. 다음에는 헬기가 좋겠다는 생각이 들었다. 관련 법이 복잡하지만.

무전기 두 개를 챙겼다.

그것을 우연희와 나눠 가지고 단둘이서만 야산으로 들어갔다.

*   *   *

〈 발견했다. 초입에서 만나지. 〉

요원들은 준비가 끝나 있었다.

우연희가 돌아오길 기다렸다가 던전 입구로 되돌아갔다.

이미 한 번 던전을 목격한 전적이 있음에도, 그들은 설산에 파묻힌 던전의 푸른빛에 또다시 매료되었다.

우연희는 그들을 이해한다는 듯한 얼굴이었다. 그러면서

행여나 던전에 발을 내딛는 사람이 있을까 봐, 돌아가는 상황을 예의 주시하고 있었다.

요원들이 준비해 온 배낭을 점검하고 있을 때.

"말씀하셨던 겁니다."

믹이 다가왔다.

그가 따로 준비한 것이 있다.

전술용 석궁과 석궁 화살집 그리고 단검들이 들어 있는 더 작은 배낭.

"받아. 우연희."

그녀에게 단검을 하나 빼 던졌다. 우연희는 받은 즉시 검집에서 칼을 빼냈다.

그러고는 허공에 찌르고, 휘두르고, 손을 번갈아 단검을 옮겨 댔다.

민간인들에게는 현란한 묘기처럼 보일 거다.

그러나 거기서 살상력(殺傷力)부터 찾고 보는 전투 요원들로서는 우연희가 아무렇게나 휘두르는 게 아니라, 가상의 대상을 눈앞에 두고 있다는 사실을 눈치챌 만했다.

요원들이 우연희를 바라보는 시선은 적나라했다.

귀엽기만 한 동양계 여성이 아니었어…….

하나같이 그런 시선들인데.

장담컨대 저들 중 누구도 우연희와 생사투를 벌인다면 살아남을 수 있는 자가 없었다. 우연희가 정신계 스킬을 사용하지 않더라도, 그녀는 감각 등급이 이미 E 등급으로 올라서 있었다.

민첩은 또 어떻고? 누구 하나 우연희를 제대로 건드릴 수나 있을까?

그때 우연희가 아쉬운 투로 말했다.

"침식의 단검은 당연하고, 남대문에서 맞춘 것보다 못해."

그 말이야말로 감각 등급을 증명하는 바였다.

"하지만 쓸 만은 해. 얼마나 있어?"

단검들이 든 작은 배낭을 통째로 던졌다.

우연희는 그 안을 확인하며 납득했다는 듯이 고개를 끄덕였다.

던전 진입 준비가 끝났다. 우연희는 그녀만 한 배낭을 짊어졌을뿐더러, 본인의 무기가 든 작은 배낭까지 어깨에 걸친 채였다.

한편 요원들은 어느새 나보다도 우연희를 신경 쓰고 있었다.

믹에게 말했다.

"알아서 잘할 거라 믿습니다."

*   *   *

퀘스트들이 들어왔다.

이번에도 사냥 퀘스트, 대전 퀘스트, 보스 퀘스트로 한 세트다.

동굴형 던전이고 야수형 사족물(四足物)인 크시포스 군단의 영역이었다.

크시포스 군단은 데클란 군단보다 나약한 것들이다. 그러나 그것들의 장기는 개인보다 집단에 있었다. 개체 수로 밀어붙이길 좋아하는 녀석들.

우연희가 내 설명이 떨어지길 기다리고 있었다.

그녀의 두 눈에서 강한 저항이 보였다.

제발, 또 벌레라고는 하지 마.

그런 저항.

"아니다."

"응?"

"벌레가 아니라고."

우연희가 놀란 듯 눈을 껌벅거렸다.

"아니다."

"응?"

"네 마음을 읽을 수 있는 게 아니라고. 잡설은 이쯤 하지. 공략 기간은 5일, 역경자를 터트리지 않는 선까지가 목표다."

역경자를 터트려야 할 만큼 부상을 입어서는 곤란하다.

이다음, 그다음, 그리고 또 그다음, 다음, 다음의 던전들을 최대한 빠르게 연쇄 격파하려면 부상 때문에 발목 잡히는 시간을 줄여야 한다.

직전의 던전에서는 역경자를 터트려 일인 공략을 성공했지만 이번에는 우연희를 대동했으니 그 이상을 기대해 보는 것이다.

능력치를 올리며 공략 기간 또한 단축시킬 것이다.

"5일에 역경자 없이?"

일단은 거기까지.

"그래. 네가 있잖아."

우연희는 겸연쩍은 미소를 지었다.

"지금이라도 상자 열어 봐야 하지 않을까? 누적 포인트가 많이 있어."

"감각 등급에 보다 익숙해진 이후에. 자신하지 마라. 네 감각은 실전으로 더 다듬어져야 돼."

크시포스 잡졸들에 대한 브리핑까지 마친 후에 발걸음을

떴다.

나타났다.

여덟 마리.

녀석들은 산양 같이 멋진 뿔을 가졌다.

게다가 몸은 물론 머리와 다리까지 가리는 털을 지니고 있다. 얼핏 보면 만지고 싶을 정도로 귀여운 구석이 있는 녀석들이다.

시작의 장에서 저 모습에 넘어갔던 것들이 불현듯 떠올랐다.

그것들은 저 녀석들이 털 속에 가려져 있는 흉측한 얼굴 그대로, 포악한 식성을 자랑하는 녀석들이란 걸 몰랐다.

와직 와직 뜯어 먹혔지.

쉭—

애송이의 반응이 궁금하던 찰나, 석궁 화살이 빠르게 날아갔다.

[0.5 포인트를 분배 받았습니다.]

[크시포스 퇴치 : 크시포스 병사 처치 1/120]

조준이 정확했다.

털이 휘날릴 때마다 살짝 드러나는 세 번째 눈에 화살이

틀어박힌 것이다.

크시포스 군단의 세 번째 눈은 녀석들에게 생명의 근원
이다. 마석 주머니와 바로 연결되어 있기도 했다.

우연희에게서 검은 기운이 뻗쳐 나간 그때, 갑자기 한 녀
석이 돌변했다.

제 동족의 목덜미를 사정없이 물어뜯으며 복슬복슬한 털
속에 가려져 있던 날카로운 다리로도 동족의 몸을 쑤시기
시작했다.

혼란 스킬이었다.

우연희는 거기서 끝내지 않았다.

그녀가 던진 단검이 공간을 쇄도한다.

[0.5 포인트를 분배 받았습니다.]

[크시포스 퇴치 : 크시포스 병사 처치 2/120]

"시험해 볼게. 지금."

우연희가 냉정한 얼굴로 뇌까렸다.

고개를 끄덕여 보였다.

처음부터 우연희의 상태를 점검할 목적으로 빠져 있었
다.

혼란 스킬을 쓸 때 나왔던 똑같은 검은 기운이 이번에도

인지된 순간에 발동됐다.

녀석들은 2:4로 순간에 뒤엉켜 버렸다. 두 녀석 쪽의 기세가 더 맹렬하다. 불구대천의 원수를 갚듯이 동족의 세 번째 눈을 후벼 파 버린다.

[0.5 포인트를 분배 받았습니다.]

한편 우연희는 우두커니 선 무방비 상태로 돌입한 상황이었고, 그녀의 두 눈은 흰자위 하나 없이 거멓게 물들어 있었다.

[0.5 포인트를 분배 받았습니다.]
[0.5 포인트를 분배 받았습니다.]

세 녀석까지 줄었다.

그때에도 우연희는 정신 지배를 유지하고 있었다.

1:2.

한 녀석 쪽이 우연희에게 정신세계를 빼앗겨 버린 녀석일 터.

녀석을 응원하는 게 당연한 일이지 않은가.

내가 궁금한 건 그 뒤였다.

녀석이 죽은 다음에 일어날 일.

마침내 우연희의 녀석이 한 녀석을 죽였고, 남은 녀석이 우연희의 녀석을 죽였다.

[0.5 포인트를 분배 받았습니다.]
[0.5 포인트를 분배 받았습니다.]

빠르게 올라온 메시지에 최후까지 생존한 녀석이 달려오는 모습이 겹쳐졌다.

우연희는?

두 눈의 색채는 평상시대로 돌아와 있다.

그러나 거기에 실린 살의는 만만치 않은 것이었다. 우연희는 생존한 것을 죽일 듯이 노려보면서 두 번째 단검을 빼드는 중이었다.

그녀는 마귀(魔鬼)가 들린 듯, 완전히 딴사람이 되었다.

배낭을 풀어 젖히자마자.

그녀 또한 생존한 것을 향해 달려 나갔다. 그리고 원한을 담아.

콰직!

날렵하게 몸을 던져.

녀석의 세 번째 눈에 단검을 꽂아 넣었다.

[0.5 포인트를 분배 받았습니다.]

[크시포스 퇴치 : 크시포스 병사 처치 8/120]

메시지 따위는 날려 버렸다.

단검을 꽂아 넣은 채로 미동도 없어진 우연희의 상태가 심상치 않아 보였다. 구태여 그녀에게 접근하지는 않았다.

도망친 녀석이 없으니 일단 우연희가 점검할 시간은 충분했다.

"하악…… 하악……."

그녀에게서 거친 숨소리가 나왔다.

숨이 벅차서가 아니라 순간의 살의가 최고조까지 끓어올랐기 때문인 걸로 보였다.

그녀가 나를 향해 고개를 돌렸다. 여전히 살의가 번질거리는, 그녀답지 않은 눈빛이 어둠 속에서 번뜩였다.

그것이 가라앉을 무렵.

우연희가 가뿐하다는 듯이 몸을 일으켰다. 그러며 씩 웃었다.

"클리어."

＊　　　＊　　　＊

크시포스 군단의 F등급 던전.

여기의 보스 몬스터는 조련사였다.

　[퀘스트 '고통스런 채찍질'을 완료 하였습니다.]

　[1500 포인트를 획득 하였습니다.]

　[최초 완료 보상으로 '골드 박스'를 획득 하였습니
다.]

　[질풍자가 7l 상승 하였습니다.]

우연희는 발 디딜 틈 없는 시체들 사이를 돌아다니고 있
었다.

그렇게 아직 숨통이 끊기지 않은 것들을 찾고, 그것들의
세 번째 눈에 단검을 쑤셔 넣기 바빴다.

단발마의 비명들과 꾁꾁거리는 소리가 쉬지 않고 나온
다.

　[0.5 포인트를 분배 받았습니다.]

　……

　[0.5 포인트를 분배 받았습니다.]

그라프 일족처럼 독성(毒性)을 지닌 것들이 아닌, 물량으로 밀어붙이는 족속들이라서 오히려 수월한 면이 있었다.

이번 공략은 의미가 컸다.

본 시대의 녀석들이 들으면 허풍 떨지 말라고 비아냥댈 일이다.

역경자를 터트리지 않고 오 일?

아니.

삼 일이었다.

그것도 던전 박스와 스킬 충전 시간 때문에 늘어졌던 것이지, 우연희가 몇 사람 몫을 거뜬히 해내면서 우리는 거침이 없었다.

던전 박스를 포기했다면 하루 만에도 돌파할 수 있었을 거다. 금강역사의 수호 장갑이 만들어 낸 보호막이 아직도 남아 있는 게 그 분명한 증거.

본래 A급의 다채로운 빛부터 시작하는 보호막이 영롱한 다이아, 화려한 플래티넘, 선명한 골드 순으로 깎여 나가다…….

보스전을 끝낸 지금은 실버의 은빛 빛무리 수준에서 멈춰 있다.

확실히 우연희의 조력은 무시할 수준이 아니었다. 기대했던 것 이상이다.

일전에 혼자서는 보호막이 다 깎이고 역경자를 터트린 후에야 가능했었다.

훌륭하다. 우연희!

　[모든 퀘스트를 완료 하였습니다.]
　[1500 포인트를 획득 하였습니다.]
　[최초 완료 보상으로 '골드 박스'를 획득 하였습니다.]
　[타고난 자가 52 상승 하였습니다.]

그러한 메시지와 박스들보다도, 우연희를 여기까지 육성시킨 것이 더 즐겁다.

더 이상 F 등급 던전에선 공포를 느끼지 못한다. F 등급 던전은 우리를 성장시킬 먹잇감에 불과해졌다. 나도 모르게 피식 웃어 버렸던 것은 바로 그 때문이었다.

"여기 있군."

시체 더미 사이에서 조련사의 잘려진 팔을 주워 들었다.

모든 손가락을 살아 있을 때에는 절대 그렇게 될 수 없는 정도까지 망가트려 놓은 후에야, 녀석의 손아귀에서 채찍을 떼어 낼 수 있었다.

[크시포스 조련사의 채찍 (아이템)

효과: 물리 공격력을 소폭 증가 시킵니다.

등급: F]

아직은 정확한 수치를 볼 수 없다.

개안 등급을 D급까지 맞추기 전에는 다 이런 식이다.

금강역사의 수호 장갑이 본시 일만 이상의 피해 흡수력을 지녔지만, 지금 수준에서는 현 상태를 방어막의 색채로만 짐작할 수 있듯이 말이다.

어쨌든.

이 채찍은 F 등급 던전에서는 처음 나온 드랍 아이템이었다.

휙—

채찍이 뱀처럼 날아가서.

팡!

목표점을 때리고 돌아왔다.

여기에 오딘의 분노를 싣는다면 F급 던전에서만큼은 부족함이 없어 보인다.

이윽고 우연희가 다가왔다.

그녀의 단검 끝에서도, 머리칼 하나하나의 끝에서도 핏방울들이 뚝뚝 떨어졌다.

우리는 또 피투성이였다. 이번에는 우리 것이 아닌 몬스터의 핏물들로만.

뒤처리를 끝내고 나서 보스방 진입 구간에 던져 놨던 배낭을 수거한 상태였다. 그녀가 배낭에서 생수를 꺼내 건넸다.

우리는 먹고 남은 물들로 얼굴에 가득한 핏물을 지웠다.

"골드 박스 하나에서는 스킬 수치가, 그리고 다른 하나에서는 새로운 스킬이 들어왔어. D급의 '광분'이야. 예전에 떴던 용맹과 스킬 효과가 흡사한데, 마법 저항력 상승이 추가돼 있어."

"꽝이야."

"아무래도 그렇지? 시스템에서 계속 하나를 지우라고 하네."

"지워."

"했어."

우연희는 아쉽다는 얼굴로 대답했다.

"네 스킬 구성은 지금처럼 유지할 거야. 동 효과의 상위 잠재력을 가진 새로운 스킬이 뜬다면 교체하겠지만, 아니라면 미련 가질 것도 없다."

"아이템이나 인장보다는 역시 수치겠지?"

그게 우리 마음대로 되지 않는 게 문제다.

그렇다고 해도 조바심을 가질 필요는 없다.

우리의 배양분이 될 F급 던전은 아직도 스무 개 이상 남아 있다.

하지만…….

기억의 궁전을 되찾기만 한다면…….

*   *   *

역경자를 터트리지 않았기 때문이었다. 지속 시간을 의식할 것도, 정신을 잃은 후의 뒷일을 생각할 필요도 없었다.

나는 여기의 보스 몬스터인 크시포스 조련사를 깔고 앉은 채 녀석의 흉측한 얼굴을 응시하는 중이다.

우연희에게도 방해하지 말라고 말해 두었다.

월가인이었던 시절에는 금융 역사와 개별 종목 등을.

길드장이었던 시절에는 전 세계의 던전과 박스의 내용물 등을.

기억의 궁전에 집어넣었었다.

반드시 잊지 말아야 할 사안들을 지금까지도 기억해 낼 수 있는 게 그 때문이다.

본시 로마 시대 때 시나 연설을 암송하기 위해 만들어졌던 이 기억술은 선택받은 천재들만이 사용 가능한 게 아니다.

각성은 오로지 시스템에 선택받은 자들만이 가능하지만, 이 기억술은 꾸준한 훈련을 하면 누구나 사용 가능한 테크닉에 불과한 것이다.

특정한 장소를 상상하고 구체화시켜서 거기에 기억하고자 하는 것을 담는다.

처음에는 작고 익숙한 공간부터 시작한다. 예컨대 이 기억술을 처음 접했을 때, 나는 런던 대학의 기숙생이었다. 그래서 그때는 당시에 머물렀던 방부터 시작했다. 그 방은 지금도 내 기억의 궁전에서 한 방으로 존재하고 있다.

방문, 컴퓨터, 책상, 의자, 침대, 커튼, 창, 포스터, CD 플레이어.

처음에는 사물 하나에 하나의 기억만을 주입하는 초보적인 단계였다. 하지만 이 기억술의 효과를 체험하고 빠져들면서, 상상 속의 그 작은 방에 책장을 추가시켰고 그 안에 전공 서적들을 집어넣을 수 있는 단계까지 성공했다.

그다음에는 방을 하나씩 늘려 나갔다.

바야흐로 궁전이라고 할 만한 수준까지 확장시킬 수 있었다.

그러나 이는 만능이 아니다.

꾸준한 복습으로 기억을 유지해야 하며, 감당할 수 있는 정도를 지나쳤을 때에는 버려야 할 기억들을 특정해야 한다.

마치 특성과 스킬 그리고 인장과 아이템의 한계 개수가 8개를 넘지 못하듯 말이다.

눈을 감고.

기억의 궁전을 떠올렸다.

스르르.

처음에는 동선을 한 방향으로만 훈련하지만, 숙달이 되면 기억의 궁전 안을 마음껏 돌아다닐 수 있다.

다만 시작점은 항상 같다.

내 경우에는 궁전 문 앞에서부터였다. 여기를 어떻게 설정하는지는 각자의 마음이다. 누구에게는 기숙사 건물이 될 수 있고, 또 누구에게는 현재 거주중인 아파트 단지가 될 수 있다.

거대한 궁전 문을 열고 들어갔다.

중앙에 바로 계단이 있는데, 11층까지 올라갈 수 있으며 10층까지 각 층당 7개의 방이 존재한다.

11층은 이제는 필요 없어진 구역이다. 나중에 아버지를 잃고 만든 구역이었으니까.

6층까지 올라갔다. 좌우로 대리석 바닥이 깔린 근사한 복도가 쭉 펼쳐진 가운데 수많은 방문들이 존재하고 있다.

그중에서 첫 번째 방문을 열었다.

전반적인 디자인은 페르시아식 궁전이지만 각각의 방은, 앞에서도 말했듯 런던 대학교 기숙사 방을 그대로 따 왔다.

6층은 길드장 시절에 썼던 구역이며 우측의 첫 번째 방은 F 등급 던전에 관한 기억들을 집어넣었던 방이었다.

명칭은 F 등급실.

그래서 거기 책장에 꽂혀 있는 건 1층의 여느 방과는 달리.

대학 전공서가 아닌, 각 대륙별, 각 나라별 F 등급 던전의 지도여야 했다.

「F급 던전 (우리나라) 」

「F급 던전 (일본) 」

「F급 던전 (중국) 」

......

「F급 던전 (독일) 」

「F급 던전 (프랑스) 」

책 제목들까지는 그대로였다.

잊히기에는 너무나 단순한 기억들이기 때문이다.

우리나라 관련 책부터 뽑아 들었다. 그러고 나서 책을 펼쳐 보지만 백지뿐이다. 길드장 시절 때는 하나하나 생생했는데.

팔악팔선에 의해 길드가 무너진 이후부터는 이 공간을 돌보지 않았다. 무의식 저편으로 날아갔다.

우연희가 무의식까지 뒤질 수 있는 수준으로 향상된다면, 이 궁전의 모든 걸 볼 수 있을 테지만 그날은 요원하다.

지금은 어떻게든 나 혼자서 여기에 글자를 채워야만 하는 것이다.

무의식 어딘가에 남아 있을 기억을 쫓아서.

생각하고 또 생각했다.

크시포스.

크시포스.

크시포스 군단…….

떠오르는 것들이 있지만 던전의 위치에 해당하는 기억이 아니다.

크시포스 조련사를 오랫동안 응시하며 기억을 되짚어 본다. 다시 기억의 궁전에 들어가 수많은 책들의 페이지를 넘긴다.

그런 과정을 쉼 없이 반복했다.

별다른 소득 없이 시간만 흘러가던 바로 그때.

얼마나 반복했는지 모르겠지만, 일본 던전을 다룬 책에서 그동안 없던 문장이 생겨나 있었다.

「 (요시포스 군단) 나가노 ??? 현 ??? 」

그때부터였다.

조금씩.

아주 조금씩 글자들이 채워져 나간다. 물꼬가 트였다.

시간을 역행해 온 이래로 공략을 한 차례씩 끝내 봤던 족속들.

데클란 군단, 그라프 일족, 마루카 일족.

그것들에 관한 던전 위치들 또한 백지 위로 드문드문 떠오르기 시작했다. 글자뿐만이 아닌, 당시에 집어넣었던 지도들까지 구체적인 이미지로 그려지면서 말이다.

다음 방인 E 등급실.

그 다음 방인 D 등급실.

B 등급실까지도 잊혔던 기억들이 돌아오고 있었다.

A 등급실과 S 등급실은 확인할 필요가 없었다.

기억의 궁전을 길드장 시절 때의 수준까지 끌어올리려 노력해 왔던 그 동안에도, 거기만큼은 항상 온전했다.

이제 남은 일은 떠오르는 족족 매입해 두는 것밖에 없었
다.

금력으로.

* * *

우연희는 보스전 진입 구간 밖에 있었다. 기억의 궁전에
집중하던 시간이 길었다.

그녀로서도 무료할 수밖에 없었다.

어느덧 그녀는 벽에 기댄 채 잠들어 있었다.

"흡!"

그러다 내 인기척을 느끼고 갑자기 눈을 떴다. 단검을 움
켜쥐며 경계 태세에 돌입하기까지는 눈 깜짝할 새였다.

"나야."

그녀의 가시거리 안으로 빠르게 진입했다.

비로소 우연희의 얼굴에서 잔뜩 들어가 있던 힘이 빠져
나갔다.

"방해하지 않는다는 게 그만…… 나, 많이 잤지?"

"6시간 정도."

"그렇게나 됐어?"

"컨디션은 어때?"

"잠 부족한 것만 빼면 최상. 우리 어디 하나 다치지 않았잖아."

그녀가 새삼 놀랍다는 식으로 말했다.

"가자, 잠부터 채우고."

후!

기억의 궁전은 시간이 지날수록 과거의 영광을 점점 되찾을 것이다.

그렇게 F급 던전으로만 한정 지어도, 우리가 아무리 따라잡으려 해도. 새롭게 떠오를 기억의 숫자가 훨씬 많아질 거다.

포인트를 안전하게 확보할 수 있는 자원이 무궁무진해진 것이다.

그러니 말이 되지 않는 일이지.

"다음부턴 1일 1던전으로 간다."

독식이 시작됐다.

Chapter 6.

　　퀘스트 완료 박스로 우연희의 근력과 민첩 등급이 상승해 적응 기간이 필요했을 때에는 혼자서 던전을 돌았다.

　　그 개수가 세 개.

　　그 외에 함께 공략을 끝마친 개수는 총 열두 개였다.

　　북미 지역의 F급 던전만 열다섯 개를 먹어 치웠던 날은 입국한 날로부터 두 달이 흐른 날이었다.

　　즉.

　　정비 시간과 이동 시간을 포함해서 평균적으로 나흘당 한 개의 던전을 공략해 온 셈.

[누적 포인트 : 53200]

"너는?"

"47310"

두 달간의 강행군은 득만 있었던 게 아니었다.

우연희는 내게 인계할 필요가 없는 아이템들로 한계 개수를 다 채우고 몇 개 종목의 등급을 상승시켰지만.

잃은 게 있었다.

바로 미소.

그녀는 무표정한 얼굴로 창밖의 황무지만 바라보고 있었다. 마치 자신의 신세를 한탄하듯, 조금은 무기력한 모습임에 틀림없었다.

그럴 만도 하다.

눈을 감으면 몬스터 시체만 어른거리는 것을 넘어, 그녀의 최근 잠꼬대는 던전에 관한 것들로만 이뤄져 있었다.

어젯밤 그녀는 마리의 손길을 그리도 외쳐 댔었다.

"믹."

"예."

"15번 고속도로로 빠지십시오."

"어디까지 모실까요?"

"윌슨 호텔로 들어가면 됩니다."

그제야 나를 쳐다보는 우연희였다.

"호텔은 왜?"

창밖의 이정표를 가리켰다.

15번 고속도로 진입 구간을 알리는 거기에는 라스베가스(Las Vegas) 라는 글자가 친절하게 박혀 있다.

"던전은 인적 드문 곳에 있는 거 아니었어?"

우연희는 기대하지 않겠다는 듯한 어투로 물었다. 물론 내게만 들릴 만큼 작은 목소리로.

하지만 그녀의 두 눈에는 어쩔 수 없는 기대가 잔뜩 서려 있었다.

라스베가스. 누구나 한 번쯤은 가 보고 싶은 드림랜드가 아니던가.

몬스터 핏물에 찌든 우연희라고 다르지 않았다. 그 때문에라도 우연희의 눈빛은 그 어느 때보다 빛나기 시작했다.

"다들 무장 해제하십시오. 라스베가스에서 휴식을 가지겠습니다."

내 말이 기폭제가 되었다.

돈이라면 넘쳐 나게 벌고 있는 그들이었기에, 벌써부터 콜걸과 뒹굴고 있을 자신의 모습을 상상하는 듯했다.

차량 안의 공기가 순간에 가벼워졌다.

강행군을 시작한 이래로 처음이었다.

"말 바꾸지 않기다?"

우연희의 목소리 또한 부쩍 즐거워졌다. 그녀의 얼굴 위로 모처럼 만에 미소가 떠올랐다.

사람이 밥만 먹고 살 수는 없다.

본 시대의 헌터들은 더했다. 공략이 끝나면 그들은 모든 열정을 사창가와 도박장에 퍼부었다.

이 시대 최고의 환락가가 목전에 있는데 그냥 지나칠 수는 없는 법이다.

우연희도 이만하면 많이 참아 온 것이었다.

*   *   *

우연희가 초보 방문객답게 슬롯머신에 집중하고 있을 때, 나는 VIP 방에서 블랙잭을 즐기고 있었다.

카지노에서 그나마 승부를 볼 수 있는 곳이 블랙잭 판이기 때문이다.

돈이 많다 해도 잃는 건 싫다. 이왕이면 따고 나가야 성미에 맞는다. 다만 본 시대의 허접한 도박장에서는 쉽게 먹혔던 수법이 여기에서는 보다 많은 집중을 필요로 한다.

당시에는 많아야 세 벌의 덱으로만 카드를 돌렸기 때문에, 덱을 암기하고 확률을 계산하는 것쯤이야 수월한 일이었다.

카드 카운팅이라고 하는 것이다.

백만 달러를 가지고 들어왔던 칩이 백삼십만 달러까지 늘어나 있었다.

카지노의 블랙리스트에 들어가지 않는 한도 안에서 칩을 벌어 나갈 생각이었다.

집중을 유지해야 하기 때문에 머리는 피곤하다. 하지만 그 이상의 재미가 있다.

나는 만 달러짜리 칩을 손가락 위에서 굴리다가 내려놓았다. 어차피 이번 칩은 카지노에게 돌려주는 셈 치는 것이었다. 아시아 외환 위기 때, 싱가포르 및 필리핀 등지를 헤지 펀드들에게 떼어 줬듯이 말이다.

만 달러 칩을 잃고.

다음번 오만 달러 칩을 걸어서 땄을 때.

익숙한 언어가 들렸다.

"자네들도 한 게임 하고 있어. 나는 블랙잭이나 한판 하려고."

우리나라, 한국어였다.

그런데 언어뿐만 아니라 목소리도 어딘가 낯설지 않았다.

그는 마침 비어 있는 내 옆자리에 앉았다. 그가 나를 힐끔 바라보고는 내 앞의 칩들로 시선을 옮겼다. 그런 다음 자신이 들고 온 칩을 테이블에 올려놓았다.

얼핏 보아도 오백만 달러가 넘는 양이었다.

"코리아?"

남자가 물었다. 그쯤에서 나는 남자의 얼굴을 기억해 냈다.

기억에 담고 있을 만한 인사가 아니었다. 그래서인지 떠올리는 데 상당한 시간이 걸렸다. 그래도 저 멀쩡한 얼굴로 온갖 추태를 부렸던 모습만큼은 잊을 수 없는 것이었다.

1년 전이었다.

서울로 돌아가는 비행기에 안에서 이 녀석과 같은 일등석에 있었다.

그때 아마.

"눈 안 깔아? 건방진 놈의 쉐끼!"

그렇게 내게 지껄였었지.

우리나라 항공, 기계, 식품 그리고 유통업계의 1위인 한실 그룹의 자제.

우연희와도 안면이 있는 녀석이다. 이름은 조창호. 그룹 내 직함은 실장.

나는 녀석의 물음에 대꾸할 필요성을 못 느꼈다. 우리나라 경기가 많이 살아났다고 해도 아직은 IMF 체제 안이다. 이런 시국에 라스베가스에서 돈을 퍼붓고 있는 녀석이라면 말 다했다.

다른 테이블로 자리를 옮기려고 할 때였다.

"나 조창호요. 같은 한국 사람끼리 통성명이나 합시다."

녀석은 나를 기억하지 못했다. 그러고는 다시 앉으라는 듯한 강압적인 시선으로 테이블을 턱짓해 가리키고 있었다.

녀석에게는 저런 시선이 일상이었을 것이다. 모든 사람들이 제 아랫것으로 보이는 거다. 서울을 떠나왔어도 말이다.

여기에서도 황태자처럼 구는 게 가소로울 뿐이었다.

한실 그룹이 우리나라 재계 10위권 안에 든다지만, 북미에서 한실 그룹의 이름을 아는 이는 극히 적다.

한실그룹을 설명하고자 하면 우리나라의 국적기를 운영하는 기업이라고 해야만 그제야 고개를 끄덕이는 수준에 불과한 것이다.

딜러가 나를 기다리고 있었다.

뗐던 엉덩이를 붙이고 만 달러짜리 칩을 걸었다.

녀석이 올린 건 십만 달러짜리였다.

"통성명 안 할 겁니까?"

"잔말 말고, 게임에 집중합시다."

"잔말? 하……!"

"여기 한국 아닙니다. 분위기 어수선하게 만들면 쫓겨난다는 거 명심하고, 게임에나 집중하자는 겁니다. 뭐 떳떳하다고 통성명까지."

그렇지 않아도 녀석이 살짝 높인 언성 때문에, 카지노 가드들이 여기를 주시하기 시작했다.

녀석은 인상을 찌푸렸지만 고개를 끄덕였다. 그러고는 피식피식 웃어 댔다.

그 판에서 나는 땄고 녀석은 잃었다.

"만 달러씩 걸어서 어느 세월에."

녀석은 내게 들으라는 듯이 중얼거렸다. 녀석이 또다시 십만 달러짜리 칩을 걸었다.

말했듯이 블랙잭은 그나마 카지노와 승부를 볼 수 있는 판이다.

카지노 50.1: 참석자 49.9 정도.

여기 라스베가스의 카지노는, 나중에 우리나라의 강원도에 생기는 카지노와는 비교할 수 없는 승률로 디자인되어 있다. 그리고 그게 맞는 일이었다.

녀석이 십만 달러를 땄다.

그제야 본전이지만 녀석은 의기양양한 시선으로 나를 쳐다보았다. 녀석은 이 판보다도, 우연히 만난 한국인과의 승부가 더 즐거운 모양이다.

하지만 갈수록 녀석의 칩은 줄어 갔다. 내 쪽은 늘어만 갔다.

내 칩이 이백만 달러가 되었을 때, 녀석은 오백만 달러를 다 잃었다.

녀석은 자존심이 뭉개진 것 같았다. 그에게 속삭여 오는 보좌진의 조언을 무시했다. 그의 보좌진은 결국 판돈을 더 크게 가져왔다.

나도 그때부터 본격적으로 베팅을 높이기 시작했다.

돈만 많은 호구가 스스로 기어들어 온 판이다. 블랙잭은 참석자 대 참석자의 대결 구도가 아닌, 카지노 대 참석자 간의 대결 구도지만.

호구가 돈을 퍼붓고 있는 판이 된 이상, 카지노의 돈을 조금 더 빼 와도 블랙리스트까지는 가지 않을 거라는 판단이 들었다.

어느덧.

녀석은 두 번째 판돈도 다 잃었다.

그리고 그 반절에 해당하는 칩이 내 테이블에 올려져 있었다.

"더 가져와."

"그만하셔야 합니다."

녀석이 빼 쓰고 있는 돈은 결코 개인 자산이 아닐 것이다.

한실 그룹에서 장부를 조작하며 만든 비자금이 분명했다.

그리고 사실, 한실 그룹의 모 기업과 휘하 계열사들의 최대 지분을 내가 쥐고 있는 이상.

녀석의 질펀한 비행은 내 손실로 이어지는 일이기도 했다.

그때쯤 나도 말했다.

"그만하시죠."

"참견 말지? 돈 조금 땄다고 눈에 뵈는 게 없는 모양인데, 그래…… 네까짓 게 뭘 알겠냐. 차림새 하고는."

녀석은 술에 취하지 않은 상태에서도 잘도 뇌까렸다.

정작 사과를 한 쪽은 녀석의 보좌진이었다. 한두 번 겪어 온 일이 아닌 듯, 그가 기계적인 반사 반응으로 고개를 꾸벅였다.

"실장님. 이만 일어나시죠. 이미 많이 쓰셨습니다."

"……."

"이러다 정말 큰일 나십니다."

웃기는 소리.

이미 큰일 났다.

녀석은 이천만 달러나 되는 외화를 라스베가스에서 탕진했다.

한 시간도 되지 않아서.

휘하 보좌진들을 통해 말이 새 나가지 않더라도, 제대로 설거지해 놓은 비자금이 아니라면 입국하자마자 난리가 나겠지.

아니, 아무 일 없을 수도 있다. 적어도 대외적으로는 말이다.

하지만 녀석은 당장 오늘 밤 한 통의 전화를 받게 될 거다.

내가 안 봤으면 모를까, 바로 옆에서 지켜봤는데 이런 녀석을 한실 그룹 안에 놔둘 순 없는 일이다.

결국 녀석은 못이기는 척 자리에서 일어났다.

"내일 포커 판에서 보자. 이 시각 이 층에서."

녀석이 마지막 남긴 말이었다.

그렇게 다시 볼 일은 없을 것만 같았다.

그런데 아니었다.

우연희와 함께 근사한 저녁을 먹고, 화려한 서커스 공연을 보고 난 뒤.

호텔 방으로 들어가는 엘리베이터 앞에서였다. 콜걸이 분명한 여자를 끼고 있는 녀석과 딱 마주쳤다.

녀석은 나는 물론 우연희를 모를 리가 없을 텐데, 나와 눈이 마주친 이후로 우리를 다시 쳐다보지 않았다.

그러고는 제 여자에게 자신이 하는 업무가 얼마나 대단한 것인지에 대한 이야기를 떠들어 댔다. 나와 우연희에게 들으라고 하는 소리였다.

"조나단 투자 금융 그룹이라고 알아? 그들의 헤지 펀드는 아무 돈이나 받지 않는다고. 최소 금액이 있고 굉장히 크지."

그룹 유보금을 맡기러 온 녀석이 카지노에서 이천만 달러를 탕진해?

그때.

"세상 참 좁다. 그지?"

우연희가 속삭였다.

그녀도 녀석과 아는 체하기는 싫은지라 내 옆에 딱 달라붙어 있었다.

엘리베이터를 기다리는 투숙객들이 우리 외에도 적잖이 있었다.

투숙객들이 각자의 층을 눌렀다.

녀석이 41층을 누르고 우리 쪽을 곁눈질했다.

40층대는 최고급 스위트룸이다.

그 층대의 투숙객은 엘리베이터 안에서 녀석이 유일했다.

층 번호 램프는 단지 기물에 불과하지만, 가진 부의 척도라서 엘리베이터 안 사람들의 시선이 녀석에게 쏠리는 건 당연했다.

하지만 그것도 잠깐이었다.

내가 호텔 제일 끝 층의 버튼을 누르자 녀석에게 쏠렸

던 시선들이 내게로 향했다. 그때 녀석이 지었던 표정이란…….

호텔 방에 들어와서 제일 먼저 한 일은 다른 게 아니었다.

해외 전화를 걸었다.

〈 제이미. 한실 그룹 주주 총회 열고 회계 감사 시작하세요. 그리고 조창호라는 창업가 자제가 실장직으로 있을 텐데, 그룹에 득이 될 거라고 보이지 않습니다. 〉

그렇게만 말해도 충분했다.

녀석은 한실 그룹에서 아웃이다.

＊　　＊　　＊

우연희는 힐링 중이었다.

라스베가스의 불야성이 한눈에 들어오는 창가 테이블에 앉아, 할리우드 영화 속의 한 장면처럼 칵테일을 마시고 있다.

실제로 우연희는 그걸 언급했다.

"영화 속의 주인공이 된 기분이네. 왜 그런 거 있잖아. 진짜 존재하고는 있지만 내 삶과는 조금도 연관이 되지 않는 것들."

예컨대 이 시절의 민간인들에게는 던전과 몬스터가 되겠다.

"오늘 너무 좋았어. 고마……."

"그 말 아껴 둬. 앞으로 이틀은 더 있을 거다."

"정말이지?"

우연희가 환하게 웃으며 테이블 위로 손을 뻗었다.

그녀는 서커스 공연 팸플릿을 집어 들었다. 그것을 내게 흔들어 보였다. 이번 여정을 기념 삼아 서울까지 가지고 갈 생각으로 챙겨 둔 것 같았다.

그녀는 오늘 하루 중, 그 공연이 가장 인상 깊었던 모양이다.

나는 조창호였다.

호구 녀석 덕분에 천만 달러가 넘는 돈을 카지노에서 빼왔던 것은 대수가 아니다.

녀석이 보였던 거만한 모습에서 떠오르는 기억들이 있었다.

팔악팔선 휘하의 길드들이 일삼았던 전횡(專橫).

그것들의 세력이 커지기 전까진, 던전은 발견한 자가 임자였다.

하지만 녀석들의 세력이 통제 불가능할 수준까지 이른

후부터는, 휘하의 길드들을 통해 던전을 통치 수단 중 하나로 삼았다.

팔악팔선이 지주였고, 휘하 길드는 마름이었으며, 그 아래는 소작농이 되었다. 제대로 분배가 되었다면 그런 방법도 이해 못 할 것은 아니다.

하지만…….

됐다.

더 생각해 봤자, 이제는 사라져 버린 미래에 불과하다. 화딱지만 날 뿐이지.

훗날.

던전만큼은 '세계 각성자 협회' 아래에서 체계적으로 관리될 것이다. 협회는 인류 역사상 가장 강력한 힘을 가진 집단으로 존재할 것이고.

본 시대에 유명무실했던 협회와는 달리, 각성자들의 구심점이 되어 우리 세계에서 칠마제의 위협을 제거해 나갈 것이다.

전제 조건이 있다.

시작의 날에도 세계에 퍼져 있을 내 재산들을, 각 국가로부터 지킬 수 있어야 한다는 것.

그렇다.

내 계획은 실로 장대하다.

그리고 그 계획에서 돈은 많을수록 좋다.

* * *

북미 부동산 법인 계좌에 자금을 추가로 넣어 둬야 했다.

북미 던전을 공략하는 동안, 새로이 떠오른 북미 지역의
F급 던전만 일천여 개를 넘었기 때문이다.

땅덩어리가 큰 대륙이란 거다.

그 숫자는 기억의 궁전 안에서 지금도 늘어나고 있는 중
이다.

타닥타닥.

F급 던전뿐만 아니라 기억나기 시작한 모든 던전을 포함
시켰다.

북미 내 매입 목록을 정리해, 호텔 방 컴퓨터에서 전송했
다.

그러나 이 컴퓨터로는 자금을 움직일 수 없다. 그 문제는
마침 최고급 호텔답게 관련 서비스를 제공하고 있었다.

객실에 비치되어 있던 서비스 설명서를 뒤적였다.

잠시 후.

그가 들어왔다.

콧수염이 멋진 그는 한때 월가에 몸을 담았던 이력이 있

는 중년인이다.

"축하드립니다. 오늘은 즐거우셨습니까?"

"대박이 난 얘기가 거기까지 들렸나 봅니다. 내일은 더 크게 제대로 놀아 볼 생각인데, 그것 가지고 블랙 걸진 않겠지요?"

"카지노 일은 제 소관이 아닌지라. 정당하게 즐기신다면 무슨 문제가 있겠습니까."

"우스갯소리로 해 본 겁니다. 앉으시죠."

본론을 꺼냈다.

"파나마에 제 계좌가 하나 있습니다. 당장 처리해야 할 자금이 있는데 여기서는 방법이 없어서 말입니다. 그래서 모셨습니다."

서비스 설명서에 그는 VVIP 고객의 투자 자문으로 명시돼 있지만, 실상 하는 일은 이런 종류다.

어떤 억만장자가 제 자문인들을 놔두고 호텔에서 투자 자문을 받겠는가.

결국 그가 가장 많이 다루는 일은 그늘진 곳에서 벌어지는 일인 것이다.

그중에서도 크게 두 가지.

하나는 고객의 기업 계좌에 들어가 있는 돈을 합법적으로 고객 주머니에 넣어 주는 일. 아마도 호텔 사업에 투자

하는 형식을 빌려서.

다른 하나는 거금의 긴급 대출이 가능한 브로커들과 연결해 주는 일.

어떻게든 카지노에서 쓸 도박 자금을 만들어 주는 일이었다.

그러니까 내 주문은 매우 준수한 편이다.

"어디 은행인지요?"

"실버만, 파나마 지점입니다. 계좌주는 주식회사 골드 윈드."

"권한 있는 파나마 지점의 직원을……."

그가 시계를 확인하고 나서 마저 대답했다.

"내일 오후 5시까지 데려오겠습니다."

*   *   *

호텔 서비스팀은 우연희의 작은 체구에 맞으면서, 그녀에게 어울리는 드레스를 찾기까지 꽤나 동분서주했다.

어제도 그랬지만.

우연희에게 가장 잘 맞는 색깔은 결국엔 순백(純白)이었다.

외출용 이브닝 드레스였고 목에는 호텔에서 대여해 준 목걸이와 귀걸이를 찬 채였다.

서비스 팀이 썰물처럼 빠져나갔다.

"이제 보니 치마도 괜찮을 거 같아."

그녀가 장신구 아이템들을 핸드백에 집어넣으며 말했다.

무슨 말인가 했다.

"통 넓은 바지만 입을 게 아니었어. 내 취향도 아니었는데. 피부가 까질 것만 생각했지 뭐야. 어차피 바지를 입어도 까지긴 마찬가지였잖아. 바보 같이."

우연희는 드레스 하단으로 단검 숨길 자리를 떠올린 것 같았다.

그녀가 실행에 옮겼다.

침식의 단검을 대체할 무기는 일곱 번째 던전에서 구했다.

이름은 죄인의 단검.

D 등급.

일정 확률로 속박 효과가 발동하며, 아직은 수치를 확인할 수 없을 뿐이지 분명 본연의 공격력도 침식의 단검보다 월등히 높을 무기였다.

우연희는 칼날을 손수건으로 감아서 다리 깊숙한 곳에 칭칭 묶기 시작했다.

상당히 투박해 보이는 수단이지만 지금으로선 그게 최선이었다.

조직 요원들이 소지 중인 것이든, 군용 상점에서 파는 최신식이든, 라스베가스 전당포의 1,2차 세계대전 물건이든.

시중에 유통되는 단검집과 허벅지 고정 끈에는 금속 재질이 들어간다.

우연희가 단검을 허벅지에 숨기는 동안.

그녀는 상처 하나 없이 매끈해진 다리를 드러낸 채로, 드레스 자락을 속옷이 아슬아슬하게 비칠 정도까지 올릴 수밖에 없었다.

그녀가 드레스 자락을 추스르며 말했다.

"이 정도면 괜찮겠지?"

"불편하지 않으면."

"그래도 금속 탐지기를 통과할 때는 조마조마하더라."

금속 탐지기가 아무리 자기장을 뻗쳐 대도 아이템에선 전류가 생성되지 않는다.

당연히 금속 탐지기는 무용지물인 거다.

어쨌든 우연희는 무기를 항상 소지하고 싶어 했다. 내 영향을 받고 있는 이상, 다른 사전 각성자를 대하는 그녀의 자세는 호의적이지 않았다.

그리고 쉽게 마주칠 수 없는 그들을 평상시에도 경계하는 중이다.

우리는 이번에도 카지노의 금속 탐지기를 별 문제없이 통과했다.

우연희가 핸드백을 돌려받으며 고개를 끄덕여 보였다. 거기에 금속 재질처럼 보이는 우리의 소중한 아이템들이 들어 있다.

오늘 자본금은 천만 달러다.

어제 벌어들인 칩을 환전하지 않고 그대로 가져왔다.

"오늘도 행운을 빌어요."

어제와 똑같은 자리.

똑같은 여성 딜러가 눈웃음을 지었다.

그때 우연희는 칩의 규모에 놀라서 눈만 동그랗게 떴다.

"너는 잃어도 상관없지만. 따도록 노력은 해 봐야겠지?"

우리 테이블의 최소 베팅은 만 달러였다.

우연희는 정확히 최소 베팅만 유지했다.

그마저도 칩을 걸 때마다 그녀의 손끝이 파르르 떨렸다.

그 모습을 보며 같은 테이블의 참석자 중 한 여성이 우리에게 말을 건넸다.

"신혼여행 오셨나 봐요?"

우연희가 되지도 않는 영어로 아니라고 설명하려 할 때, 딜러의 승리가 정해졌다.

"아……."

우연희는 딜러가 가져가는 만 달러 칩을 애절한 시선으로 쳐다보았다.

잃을 때는 세상이 무너진 것처럼, 딸 때는 세상을 구원한 것처럼.

한판 한판이 지날 때마다 가면을 번갈아 쓰는 듯한 그녀의 표정 변화에 테이블의 분위기가 어제보다 즐거워졌다.

하지만 딜러만은 그렇지 않았다. 여성 딜러는 어제 자 대박과 지금도 늘어 가고 있는 내 칩 상황을 의식하고 있었다.

어제 상사에게 혼쭐이 났던 것일까.

미소를 지어야만 하는 직업임에도 표정이 바르지 못했다.

그녀가 백기를 든 건 한 시간 뒤쯤이었다.

우연희는 여전히 본전.

나는 우연희에게 줬던 이백만 달러를 제외하고도 천만 달러를 더 가져온 상태였다.

테이블 참석자들이 우리에게 말을 건네 오는 횟수도 늘었다.

보스턴에서 식품 기업을 운영하고 있다는 어떤 부부는 우리를 저녁 식사에 초대하기까지 했다.

딜러가 교체되던 무렵.

왜 그래?

우연희가 그런 눈으로 날 쳐다봤다.

지금으로부터 삼십 분 전.

그때부터 나를 주시하고 있는 남자가 있었다.

결코 일반적인 시선이 아니었다. 그가 옆 테이블의 게임에 참석한 건 우리 쪽 테이블이 가득 찼기 때문인 것 같았다.

이쪽 테이블이 비어 있었다면 여기에 들어왔을 거다.

백인 남자였고 차림새는 부티가 났다.

한실그룹의 망나니가 보낸 프로 겜블러? 그러기엔 시선이 너무나 집요하다.

백악관에서 보낸 자인가? 내가 여기에 있는 걸 어떻게 알고?

"오백만 달러까지 잃어 줘."

우연희에게 내 칩 전부를 건네며 일어섰다. 그녀는 뭔가 심상치 않은 일이 일어났음을 직감한 듯, 조용히 고개를 끄덕였다.

일단 화장실로 향했다. 녀석이 나를 따라오는지 보기 위해서였다.

녀석이 우연희와 내 쪽을 번갈아 쳐다보더니, 칩을 부랴부랴 챙기고는 내 뒤를 밟아 온다.

손을 씻고 있을 때 화장실 문이 열리는 소리가 났다.

녀석이었다.

녀석은 소변을 본 뒤 내 옆에 다가섰다. 거울 너머로도 나와 눈이 마주치지 않기 위해 애쓰는 기색이 역력했다.

어리숙한 아마추어.

미 정부에서 붙인 자가 아니다.

"오늘 게임이 잘 안 풀리네요."

녀석이 말을 붙여 왔다.

확실해졌다.

이 녀석은 내게 어떤 목적을 가지고 접근한 것이다.

단순히 어제의 대박 소문을 듣고 접근한 녀석도 아닐 터.

녀석은 거울 속에서 시선이 부딪치자 아무렇지 않은 척 손을 씻었다.

"잃는 날이 있으면 따는 날도 있는 겁니다. 행운을 빕니다."

화장실에서 먼저 나왔다. 테이블로 돌아가지 않았다. 그대로 카지노 출입문에서 나오며 믹에게 메시지 하나를 보냈다.

녀석은 멀리 떨어진 곳에서 계속 나를 뒤쫓고 있다.

인적 드문 골목으로 녀석을 유인했다.

호텔에서 나오는 음식물 쓰레기들을 처리하고 있는 그 뒷골목은 화려한 라스베가스의 다른 거리와는 달리, 악취는 물론 높은 건물들이 만들어 내는 그림자에 파묻혀 있는 곳이다.

여기에서는 민간인들의 시선을 의식할 것 없이 녀석을 심문할 수 있다.

녀석을 제압하고 원하는 것을 얼마든지 들을 수 있겠지만……

한 가지 의심되는 게 있었다.

그래서 믹과 요원들을 소집한 것이다.

골목 끝에서 그들과 마주쳤다. 요원들과 나는 눈빛을 교환하며 서로를 스쳐 지나갔다.

골목 입구에 반절, 끝에 반절.

요원들이 골목 안에 가둬진 녀석을 사냥할 시간이었다.

"당, 당신들 뭡니까!"

골목 저편에서 놀란 목소리가 튀어 올랐다.

*   *   *

썩 크지 않은 체구답게 녀석은 약했다. 지금까지 살아오면서 폭력에 노출된 적도 거의 없어 보였다.

위협이 코앞에 닥쳤을 때에 녀석이 보인 반응이라곤 경찰을 찾는 소리만 내지르는 것이었다. 믹은 녀석에게 접근하자마자 팔로 녀석의 목을 감쌌다.

녀석은 목이 졸린 뒤 몇 초 만에 축 늘어졌다.

그랬던 것을 보면 저항에 필요한 인장이나 스킬은 없을 가능성이 높았다.

승합차가 골목 안으로 들어갔다. 믹은 뻗어 버린 녀석을 승합차에 밀어 넣은 다음, 손을 탁탁 털면서 내게 돌아왔다.

기다렸다가 말했다.

"저자를 고양이 중 하나로 의심하고 있습니다. 벗겨서 전신사진 찍고 소지품 일체 전부 다 가져오십시오. 사회 보장 카드, 면허증 빠트리지 말고."

믹이 놀란 눈으로 승합차가 있는 쪽을 되돌아봤다.

잠시 후 확인한 사진 속.

녀석의 가슴은 매끈했다.

등에 타투가 있지만 인장과는 상관이 없는 것이다. 녀석의 소지품들 또한 시스템 메시지를 떠오르게 하는 건 없었다.

그럼에도 녀석을 사전 각성자 중 한 명이라 의심하는 이유는, 내게 향했던 집착 어린 시선 때문이었다.

예컨대 그건 뜻밖에 조우한 동족을 쳐다보는 시선이었다.

녀석이 화장실로 나를 따라오기 직전에 보였던 모습을 다시 떠올렸다.

우연희는 블랙잭에 푹 빠져 있어서 느끼지 못한 것 같은데, 녀석은 나뿐만이 아니라 우연희에게 보냈던 시선도 강렬했다.

그랬다. 녀석은 막판에 나를 쫓아올지, 우연희를 지켜볼지 고민했었다.

F 등급 던전에서 길잡이의 역할은 몬스터 배치 상태를 파악하는 것에 그친다.

하지만 은신할 수 있는 몬스터가 존재하고 함정 등급이 높아지는 상위 던전에서부터는, 길잡이의 수준이 곧 공략의 성패를 결정짓는 일이 잦았다.

내 역할군도 길잡이였다.

감각도 감각이지만, 길잡이에게는 필수적으로 요구되는 특성이 하나 있었다.

'추격자'가 그것이다.

몬스터와 함정을 사전에 감지할 수 있는 특성.

던전 안에서 뿐만 아니라 길드 간 암투에서도 유용하게 사용되는데, 다른 각성자들을 감지해 낼 수 있기 때문이었다.

나는 최초 특성으로 역경자를 획득하며 다시는 획득할 수 없게 되었지만.

녀석은 최초 특성으로 추격자를 띄웠을 것이다.

각성 보상이든, 생활 퀘스트든.

믹이 존 클락과 통화를 마쳤다.

그는 녀석의 소지품에는 포함되어 있지 않은 신상 정보들을 술술 읊었다.

"그리고 동부에서 패스트푸드 체인점 사업을 크게 하고 있답니다."

하긴 큰판에서 어슬렁거릴 수준이었으니.

"호텔 명부에는 동행인으로 기록된 자가 없는 것으로 확인되었습니다."

휴가차 나온 것인가.

우리는 골목으로 들어갔다.

감시 카메라 따윈 없는 조잡한 골목임을 다시 확인했다.

믹이 녀석을 제압했던 방법도, 팔로 목을 감아 숨길을 막은 것뿐이었다. 녀석에게는 외상이 따로 존재하지 않았다. 경찰이 개입할 수 있는 조건이 충족되지 않는다.

"옷 다시 입히고 소지품도 처음대로 넣어 주십시오."

면허증만 빼고.

녀석이 나를 찾을 방법은 카지노의 cctv 녹화 기록밖에 없는데, 경찰은 수사에 착수하지 않을 것이고 카지노에서도 녹화 기록을 제공하지 않을 거란 말이다.

이대로 사라져도 문제될 게 없었다. 녀석을 조직 감시망에 두고 꾸준히 관찰한다면, 녀석이 추격자 특성을 보유한 사전 각성자란 사실 또한 곧 밝혀질 일이었다.

맞다. 녀석이 돈이 궁핍한 처지였다면 조직의 요원으로 영입. 다른 사전 각성자를 찾는 안테나로 쓰거나, 상위 던전의 길잡이로 점찍어 놨을 것이다. 상위 던전의 난이도는 매우 높다.

그러나 녀석은 이미 부자였다.

그게 고민하게 만든다. 돈보다 다른 게 필요하다.

언제나 그렇듯 평화로운 시절에는 폭력만 한 게 없다. 그리고 그 폭력은 녀석조차도 상상할 수 없던 별세계의 폭력이어야 할 것이다.

＊　　　＊　　　＊

객실 안.

"정신 차렸어."

우연희의 날 선 목소리가 들렸다.

우연희는 멀찌감치 떨어져서 녀석을 노려보고 있었다. 오른손은 단검을 숨겨 둔 허벅다리 쪽에 둔 채였다.

녀석이 우연희에게 뭐라 말하려다가 내게로 시선을 돌렸다.

"너…… 경호원들 시켜서 나를 공격했어. 무슨 짓을 한 거야."

"본인이 자초했던 일 아닌가? 날 쫓아오길래 강도짓하려는 줄 알았지. 알아보니 그 정도까지 궁하진 않더군."

"그야 당연한 거 아냐?"

녀석은 객실 내부를 두리번거렸다. 곧 여기가 억만장자

들 중에서도 최고 억만장자들만 묵는 최상위 객실임을 깨달았는지, 표정이 묘해졌다.

그때 우연희에게 고개를 끄덕여 보였다.

쏴악—

그녀의 몸에서 검은 기운이 뿜어졌다. 그것은 마치 녀석을 집어삼키듯 했다.

녀석의 몸이 크게 한 번 움찔했다. 녀석의 눈빛이 흐릿해졌다.

녀석이 자리에서 엉덩이를 뗐다. 그러고는 몰입 상태에 들어간 우연희에게 다가가, 그녀의 얼굴을 빤히 바라보았다.

아니, 우연희가 제 얼굴을 빤히 바라보고 있는 것이다.

나는 잼 바르는 용도로 쓰이는 나이프를 전방에 던졌다.

보이는 대로만 말하자면, 녀석은 그걸로 제 팔을 긋기 시작했다. 일부러 날이 잘 서지 않은 걸로 골랐다. 살갗이 짓이겨질 때마다 거친 통증이 일게끔.

하지만 통증을 느끼지 못하는지 신음 소리가 나오지 않는다.

그쯤에서 테라스로 자리를 옮겼다. 서울에 비하면 비교적 춥지 않은 날씨지만, 고층인 만큼 더 강한 바람이 매섭게 몰아치고 있었다.

그때 녀석도 따라왔다.

녀석은 테라스 끝 난간에 서서 아래를 내려다보았다.

누구도 살아남지 못할 벼랑 끝이다.

나는 녀석의 얼굴에 대고 말했다.

"너 하나 자살로 처리하는 것, 우리에게는 아무것도 아니다."

녀석의 뺨을 툭툭 쳐 준 후 거실로 돌아왔다.

그때 우연희가 몰입을 깨고 나왔다. 그녀가 내 귀에 대고 속삭였다.

"기억을 읽을 수 없어. 그리고 간단한 자해는 가능한데…… 자살…… 까지는 안 될 거야. 그렇게 느꼈어. 이걸로 될까?"

미안한 마음이 들 만큼, 우연희는 괴로운 얼굴을 하고 있었다.

"그만하면 됐어. 녀석은 몰라."

우리는 동시에 테라스 쪽으로 고개를 돌렸다.

녀석이 벌벌 떨면서 객실 안으로 들어온 건 그로부터 한참 후였다.

녀석은 말이 없었다.

그러더니 갑자기 객실 출입구 쪽으로 도망치는 것이었다.

그럴 것 같더니만.

[속박의 메달을 사용 하였습니다.]

[대상: 레온]

이번에는 내 목걸이에서 은빛의 기운이 튕겨져 나갔다.

우연희도 반사적으로 몸을 던지고 있었다.

획—

소파를 훌쩍 넘으며 원피스 자락을 펄럭였다. 그녀는 잽
싸게 꺼낸 짧은 칼로 녀석의 목을 겨눴다.

"Easy, easy. (진정해, 진정해.)"

되려 우연희의 목소리가 불안하게 흔들렸다. 나는 우연
희에게 눈짓을 보냈다. 빠져 있어도 좋다는 신호였다.

녀석은 이미 속박에 걸렸다. 우연희가 빠진 자리를 내가
채웠다. 나는 녀석의 면허증을 꺼내 녀석의 눈앞에 들이밀
었다. 녀석의 동공이 크게 확장됐다.

"도망친다고 끝날 것 같아? 도망칠 수도 없겠지만."

"설, 설명할 수 있어."

"뭘?"

"너를 미행했던 거."

"아직도 글러 먹었군. 한 마디 한 마디에 존경심을 담아."

"당, 당신을…… 미행했던 것 말입니다."

"추격자 혹은 퀘스트 때문이겠지."

녀석은 조금 더 확장된 눈으로 침을 꿀꺽 삼켜 넘겼다.

"멀쩡하게 잘 살아서 체인 사업까지 크게 연 것을 보면, 네 능력을 긍정적으로 받아들였던 모양이군. 그런데 그게 끝이야. 너는 아무것도 준비되지 않았어. 실망스럽기 짝이 없군. 지금껏 살아남은 걸 행운으로 여겨야 할 거다."

녀석이 머리를 굴리는 소리가 다 들리는 듯했다.

"우리들끼리 살인을 요구하는 퀘스트가 존재한다."

아마도. 시작의 장에서도 있던 게, 여기라고 없을 리가 없다. 한 시스템인 것을.

그때.

녀석만큼이나 놀란 눈을 하고 있는 우연희가 보였다.

"아, 아닙니다. 그런 게 아닙니다. 그런 건 듣도 보도 못했습니다."

"그걸 어떻게 믿지? 그리고 왜 그래야 하지? 죽여 버리면 그만인데. 너 정도 치우는 건 아무런 문제 될 것 없다. 사회의 룰에서도, 우리 세계의 룰에서도."

소파로 되돌아왔다. 우연희는 살인 퀘스트에 큰 충격을 받았는지 녀석을 굉장한 시선으로 노려보고 있었다. 지금까지 괴로워하던 표정이 싹 날아가 있었다.

속박 시간이 끝나기까지 정적이 흘렀다. 녀석은 운신이 가능해진 시점에서 또다시 출입구 쪽을 흘깃 쳐다봤다.

그러나 거기에는 이미 우연희가 지키고 서 있었다.

작은 동양계 여성. 하지만 녀석에게는 우연희가 단지 그렇게만 보이지 않았던 것 같다.

녀석은 우연희와도 나와도 시선을 마주치지 못했다.

"……맞습니다. 추격자 특성 때문이었습니다. 그것뿐이었습니다. 믿어 주셔야 합니다."

"그러니까 왜?"

"그, 그러니까 당신의 그룹에…… 도움이 될 겁니다. 제 능력이요."

"다른 그룹을 본 적이 있나?"

"있……."

"거짓말 따윈 집어치우는 게 좋을 거다. 저 친구는 사람의 정신세계를 들여다보지. 겪어 봤잖아?"

녀석이 우연희를 쳐다봤다. 우연희는 입을 앙다문 채 칼날을 늘어트리고 있었다. 느슨해 보이지만 금방이라도 뛰쳐나갈 것 같은 기세가 품어져 있다.

"없습니다. 그룹을 본 적은 없지만, 각성자 개별로는 몇 번 본 적이 있었습니다. 말씀하신 대로 제가 운이 좋았던 모양입니다."

내 앞자리를 턱짓해 가리켰다. 녀석이 거기에 앉았다.

"퀘스트는?"

"오 년 전에 한 번뿐이었습니다."

"그럼 그때 각성했겠군."

"그렇습니다."

녀석은 계속 떨고 있었다.

"읊어 봐. 첫 각성 이후부터 지금까지."

펜과 종이도 내밀었다.

* * *

[이름: 레온

체력: F(9) 근력: F(11)

민첩: F(2) 감각: F(20)

누적 포인트 : 51

특성(1)]

녀석은 대학 졸업 시즌에 각성했다. 각성 보상으로 얻은 박스에서 스킬이 아닌 감각 수치를 띄웠고, 이후 생활 퀘스트 완료 보상으로 추격자 특성을 획득했다.

허접한 능력치보다는, 이른 나이에 패스트푸드 체인 사업을 크게 일으켰던 사업 수완이 오히려 능력이라 할 수 있었다.

머리가 영민하게 돌아가고 욕심이 큰 녀석이다.

이런 녀석들은 기회가 보이면 과감하게 베팅하는 습성을 지녔다.

녀석이 베팅했다.

"그룹에 들어가고 싶습니다. 그룹에 도움이 되도록 노력하겠습니다."

일단 여기에서 빠져나가고 볼 일이라 생각했을 수도 있고. 내가 들려주었던 이야기들에서 경각심을 가졌을 수도 있고. 자신의 정체성을 깨달았을 수도 있고. 내게서 자신에게 이익이 될 걸 찾았을 수도 있고.

이유야 많다.

사람의 마음은 다양한 생각들이 얽혀서 형성되는 거니까.

이런 녀석들을 시험해 볼 방법은 그렇게 어려운 것이 아니었다.

내가 말했다.

"진심으로 하는 소리겠지?"

"예."

"그럼 네 재산과 사업을 그룹에 넘길 수도 있겠군."

Chapter 7.

호텔의 투자 자문.

파나마에서 온 실버만 직원.

내 쪽과 녀석 쪽에서 급하게 고용한 회계 법무팀 두 곳.

총 스무 명이 넘는 외부인들이 객실에서 모여 있었다.

"무슨 미친 짓이야. 약 처먹었어?"

"아무것도 묻지 마. 나도 머리가 복잡해 죽겠어."

"그렇게 지분을 다 넘겨 버리면 경영은 어떻게 하라고."

"경영진은 그대로야."

"그건 또 무슨 개똥 같은 소리야. 미친 자식아, 대체 어떤 위험한 도박을 벌였기에 일을 이 지경까지 만들어?"

"......."

"됐어. 사설 도박은 어차피 불법이야. 애초에 계약을 이행할 필요가 없어. 저 동양인 얼간이 따위가 뭐가 무섭다고 질질 짜냐고. 나한테 맡겨."

"안 돼. 절대 안 돼. 끼어들지 마라. 어디로 전화 거는 거야?"

"LYMPD(라스베가스 경찰국)."

"끼어들지 말라고."

"내놔. 빨리."

"이럴 거면 그냥 돌아가."

"하…… 씨발. 나도 모르겠다. 네 인생이지. 그래. 꼴리는 대로 살아."

녀석과 이대 주주인 녀석의 친구가 거실 끝에서 작은 목소리로 다투고 있다.

그리고 맞다.

녀석은 울고도 있었다. 소리 내서 엉엉 우는 것까지는 아니었어도 객실 안 모두가 눈치채기에 충분할 만큼, 녀석은 절망에 빠져 있다.

하지만 그러한 녀석의 반응도 여기에는 끼어들 틈이 없

었다.

회계 법무팀 두 곳 사이로 서류들이 쉼 없이 오가고, 자기들끼리 온갖 말들을 주고받으면서.

객실은 사무(事務) 전장처럼 변해 버렸다.

단순히 서명만 하고 끝나는 게 아니라, 당국의 승인이 떨어져야 하는 사안도 존재한다.

그것이 두 회계 법무팀이 핸드폰에서 손을 놓지 않고 있는 이유였다.

마침내 당국과 조율이 잘된 모양이다.

"골드 윈드 사주분과 크립 버거 사주분 이쪽으로 와 주시죠."

서명만이 남은 순간이었다.

녀석은 법무팀에서 작성한 계약서를 확인하는 둥 마는 둥 했다.

그 와중에 우연희를 흘깃 쳐다본 횟수만 네 번이 넘었다.

* * *

"네가 먼저 요청한 일이다. 타."

차량 문을 열자, 근육질 사내들의 시선이 녀석에게 쏟아졌다.

"어…… 디로 가는 겁니까?"

"훈련소."

"그룹원들이 있는 곳인가요?"

"가 보면 알아. 그리고 앞으로는 그 입, 함부로 놀리지 말아야 할 거다. 명심해."

녀석은 죄수가 호송 차량에 탑승하듯 무기력하게 올라탔다.

믹에게 손짓했다.

"위험한 고양이가 아니니 심하게 다룰 필요까지는 없습니다. 하지만 만일, 저항하려는 모습을 보인다면 적당한 훈육은 필요하겠죠."

"어느 수준까지 허용됩니까?"

"죽지 않을 만큼."

"예."

"훈련소에도 사람 붙여서 항상 예의 주시하십시오. 전화 통화, 만나는 사람, 건강 상태, 무슨 책을 보고 뭘 먹는지, 어떤 생각으로 훈련에 임하는지."

"똥 싸는 것까지 보고드…… 죄송합니다. 하나도 빠트리지 않겠습니다."

"그럼 출발하십시오."

사전 각성자들은 던전 박스와 같다. 우연희는 상위 박스

이상의 대박을 보여 주었지만 연이은 행운을 기대하지는 않는다.

녀석이 과연 저주일지 아닐지는 두고 볼 일.

저주일 경우에는 내 손에 직접 피를 묻힐 일도 없을 것이다. 던전에서 자멸해 버리도록 만들어 줄 거다.

객실로 돌아갔다.

우연희는 E 등급으로 올라선 감각임에도 내 인기척을 감지하지 못했다. 깊은 생각에 빠져 있었다.

그녀의 머리 위로 어쩐지 먹구름이 피어 있는 것처럼 보였다.

"녀석은 신경 쓰지 마라."

"그게 아니야."

"퀘스트 때문이군. 그건 흔한 퀘스트가 아니야. 신경 꺼."

"왜 얘기해 주지 않았어? 시스템은 왜 그런 퀘스트를 띄우는 거야. 대체 왜…… 악마야?"

"악마도 신도 아니야. 나는 시스템이 하나의 목적을 위해 프로그래밍이 되어 있다고 본다. 수단은 상관없는 거지."

"그러니까 서로 죽고 죽이게 만들어서 어떤 목적을 이루겠다는 거야. 그런 게 존재하면 안 되는 거잖아."

우연희는 팔악처럼 말했다.

"우리가 보다 치열해지길 바라는 것일 수도 있겠지."

이건 팔선의 주장이다.

"우연희. 내가 말했지? 시스템에 어떤 의미를 부여하지 마. 우리는 그냥 시스템을 이용하는 거다. 더 강해지고 그날을 준비하기 위해서. 단지 그것밖에 없어. 시스템은."

"하지만……."

탁!

우연희의 눈앞에 대고 손가락을 튕겼다.

"하지만은 무슨 하지만이야. 그러면 못 써. 나갈 준비나 하자. 서두르면 시간 맞출 수 있을 것 같네."

"어디?"

"여기까지 왔는데 캣츠를 안 보면 억울하지. 정통 극단의 공연으로."

코드명 고양이가 아닌, 진짜 고양이들을 보러 가야 할 때였다.

"캣츠!"

우연희의 두 눈이 다시 생기를 찾았다.

*　　　*　　　*

"지난주 반등에 성공했던 나노 소프트의 주가가 45.84달러에서 39.1달러로 급락. APE의 주가가 23.22달러에서 15.01달러로 급락, 노이스 무어 일렉트로닉스의 주가가 70.12달러에서 40.95달러로 급락하는 등 시장은 또다시 충격에 휩싸였습니다. 닷컴 버블의 끝을 두고 시장 참가자들의……."

아직도 밑바닥이 아니다. 그동안 누적시켜 온 거품이 엄청났다. 시장의 60%가 주저앉았어도 더 내려갈 구석이 많았다.

고점에서 90% 아래까지 처박히는 기업들이 대다수다. 그리고 파산한다.

실리콘 밸리의 닷컴 기업들이 미 대통령의 집무실을 모방하여, 타원형 사무실들을 만들기 시작할 때부터 예견된 일이다.

금일 시황을 살핀 후 텔레비전을 껐다.

우연희는 오늘도 공연 팸플릿을 고이 챙겨 왔다.

"요원들이 돌아오려면 며칠 더 걸릴 거다."

우연희에게는 무척 즐거운 소식이었다.

"너도 느꼈겠지. 사람들의 이목이 우리에게 집중되고 있어."

먼저 아는 체를 해 오는 사람들이 늘었다. 같은 테이블에서 게임을 했던 부자들 외에도, 그 부자들의 친구들까지.

모르긴 몰라도.

지금도 어딘가에선 윌슨 호텔의 최상위 객실에 머물며 카지노의 큰판에서 놀고 있는 동양인 커플에 대해 많은 말들이 오가고 있을 것이다.

"친절하고 멋진 사람들이긴 했잖아."

우연희가 대답했다. 그녀의 옆자리에 앉았던 부자 무리에 대해서였다.

그들은 파티에 우리를 초대하려 했었다.

"내일부턴 호텔 안에서만 있게 될 거다."

"그래도 좋아. 충분히 즐겨 봤어."

아니.

애송이는 모른다. 라스베가스가 왜 환락의 도시라고 불리는지.

그녀는 고작 빙산의 일각만 겪었다. 수면 아래에서 일어나는 온갖 퇴폐적인 일들을 알고 나면 놀라서 까무러칠 것이다.

특히 부자들의 파티에서 벌어지는 일들 말이다.

세상에 그렇게 원초적이고 흥분으로만 가득 찬 파티도 없다.

하지만 그것은 어디까지나 민간인들에 국한된 이야기다. 우리에게는 그보다 더 즐거운 파티가 있다.

라스베가스의 밤을 장식하기에 제격이겠지.

"응?"

우연희도 내게서 확 들떠 버린 기분을 느낀 모양이었다. 그녀가 흥미로운 기색을 띴다.

"드디어?"

우연희는 황급히 일어났다.

"씻고 올게."

그 동안의 던전을 돌며 얻었던 박스의 결과는 다음과 같다.

! 실버 박스(30개) : 능력치 수치 8개, 스킬 수치 6개, 특성 수치 4개, 아이템 3개, 인장 3개, 스킬 6개

! 골드 박스(30개) : 능력치 수치 8개, 스킬 수치 5개, 특성 수치 9개, 아이템 5개, 인장 3개

일찍이 스킬 지진파는 제거했다. 실버 박스에서 나온 스킬 6개 또한 종목으로 추가시키지 않았다. 그것들에게 들어갈 수치는 낭비였다.

지금의 스킬 구성으로도 충분하다. 앞으로 뜰 수치들은 최고의 잠재력을 가진 것들에게 투입되어야 마땅한 일.

"상태 창."

전반적으로 모든 능력치들이 D 등급을 코앞에 두고 있다.

자. 파티 타임이다.

가자!

[실버 박스가 개봉 됩니다.]

[차단자가 2 상승 하였습니다.]

[차단자 등급이 상승하였습니다. 변동 : F → E]

[차단자 (특성)

효과: 던전 파괴와 게이트 파괴 조건 달성 시, 공적을 획득합니다.

등급: E(0)

공적: 0]

각성자 최초로 던전 파괴 조건을 달성하며 업적 보상을 받은 게 이 차단자 특성이다.

F 등급일 때의 차단자 효과는 별것 없었다.

그럼에도 줄곧 보유하고 있던 이유는 던전 파괴 조건 최
초 달성이 나름 큰 의미를 가지고 있는 만큼, 보상으로 준
특성이 예사 물건이 아닐 거라는 확신과.

역경자 특성이 발동됐을 때마다 차단자의 새로운 효과를
확인할 수 있었기 때문이었다.

뭘까.

어디에 쓰이는 걸까.

공적에 대해서는 추정할 수 있는 어떤 기억도 없었다.

'공적'은 한 번도 들어 본 적이 없는 개념이다. 시스템의
비밀에 한 걸음 다가간 것은 분명했다.

차차 공적 수치를 누적시켜 보면 알게 될 일.

실버 박스를 계속 열었다.

[인장(약탈)을 획득 하였습니다.]
[약탈을 제거 하시겠습니까?]

[체력이 2 상승 하였습니다.]

[질풍자가 29 상승 하였습니다 .]
[질풍자 등급이 상승 하였습니다. 변동 : F → E]
[질풍자 (특성)

효과: 대상에게 강력한 피해를 입혔을 경우, 낮은 확률로 민첩 등급이 한 등급 상승 합니다. 중첩 되지 않습니다.

등급: E(0)]

[체력이 2 상승 하였습니다.]

[개안이 4 상승 하였습니다.]

[가이아의 의지가 18 상승 하였습니다.]

[아이템 '깨끗한 메달'을 획득 하였습니다.]

[보유할 수 있는 아이템을 초과 하였습니다.]

[깨끗한 메달의 효과가 적용 되지 않습니다.]

[수집자가 14 상승 하였습니다.]

[수집자 등급이 상승 하였습니다. 변동 : F → E]

[수집자 (특성)

효과: 강화 실패 시, 아이템이 사라질 확률이 중폭 하락 합니다.

등급: E(0)]

[예민한 자가 1 상승 하였습니다.]

[오딘의 분노가 8 상승 하였습니다.]
[데비의 칼이 2 상승 하였습니다.]
[가이아의 의지가 24 상승 하였습니다.]

[근력이 1 상승 하였습니다.]
[근력 등급이 상승 하였습니다. 변동 : E → D]

실버 박스는 스톱.
나머지 포인트는 전부 골드 박스로!

[골드 박스가 개봉 됩니다.]
[개안이 29 상승 하였습니다.]
[체력이 15 상승 하였습니다.]

[아이템 '기민한 함정 망치'를 획득 하였습니다.]
[개안이 31 상승 하였습니다.]
[역경자가 11 상승 하였습니다.]

[가이아의 의지가 39 상승 하였습니다.]
[가이아의 의지 등급이 상승 하였습니다.
변동 : F → E]

[가이아의 의지 (스킬)

효과: 본인에게 몬스터의 관심을 집중 시킵니다. 물리 피해와 마법 피해를 중폭 흡수 합니다.

등급: E(0)

지속 시간: 5분

재사용 시간: 12 시간]

[인장 '암살자'를 획득 하였습니다.]

[민첩이 31 상승 하였습니다.]
[민첩 등급이 상승 하였습니다. 변동 : E → D]

[감각이 30 상승 하였습니다.]
[감각 등급이 상승 하였습니다. 변동 : E → D]

이제 체력만 한 등급 상승시키면 모든 능력치가 D 등급으로 맞춰진다.

[스킬 '결의'를 획득 하였습니다.]
[스킬 '결의'가 제거 되었습니다.]

[데비의 칼이 12 상승 하였습니다.]

[역경자가 39 상승 하였습니다.]

[개안이 11 상승 하였습니다.]

[체력이 11 상승 하였습니다.]

마지막 박스!

[개안이 21 상승 하였습니다.]

[개안 등급이 상승 하였습니다. 변동 : E → D]

[개안 (스킬)

효과: 던전에서 가시거리가 대폭 확장 됩니다. 상세 수치를 확인 할 수 있습니다.]

[개안 효과로 새로운 종목들이 추가 됩니다.]

[대상: 물리 공격력, 마법 공격력, 물리 피해 흡수력, 마법 피해 흡수력.]

"상태 창."

[이름: 나선후

체력: E(85) 근력: D(0)

민첩: D(0) 감각: D(0)

누적 포인트 : 100

특성(8) 스킬(4) 인장(8) 아이템(8)]

[특성 ─ 역경자: E(92) 예민한 자: E(17) 수집자: E(0) 차단자: E(0) 괴력자: F(66) 질풍자: E(0) 탐험자: F(66) 타고난 자: F(52)]

[스킬 ─ 개안: D(0) 데비의 칼: E(14) 오딘의 분노: E(8) 가이아의 의지: E(0)]

최하위 던전만 돌아서 이런 수준까지 끌어냈다.

독식은…….

"끝내주는군."

더 끝내주는 까닭은 이제 시작 단계에 불과하기 때문이다.

*   *   *

우연희가 감각 확장 현상을 다시 극복한 후, 우리는 강행군을 재개했었다.

그 동안 모든 능력치는 당연히 D 등급을 달성했고 특성과 스킬 또한 D 등급으로 올라선 것들이 여럿 있었다.

최초로 D등급 각성자가 되는 순간에는 기대했던 보상이 따로 뜨지 않았지만.

우연희가 차순위 E 등급 각성자로서 마스터 박스를 띄우며, 거기서 나온 아이템이 현재 내 목에서 목걸이 형태로 변환되어 있다.

그리고 특히 이건, 중국 국적의 각성자라면 환장할 무기다.

아이템 이름 때문에라도.

[관제의 언월도 (아이템)

효과: 링과 메달의 형태로 변환이 가능 합니다.

물리 공격력: 712

마법 피해 흡수력: 9400 / 9400

등급: A]

우연희는 개안을 D 등급으로 상승시키며, 수치를 볼 수 있게 됐을 때.

의문을 품었다.

그녀가 말했다.

"이해가 안 돼. 생명을 어떻게 수치화할 수 있어."

공격력 수치에서 컴퓨터 게임상의 생명력(HP) 개념까지 자연히 연결시켰던 것 같다. 거기서 오해가 발생한 것이다.

"맞는 말이다. 시스템이라도 생물의 생명을 수치화하기는 어렵지. 공격 형태에 따라 다양한 변수가 있을 테니까."

"그런데?"

"네가 최하위 던전만 겪어 봐서 이해를 못 하는 거지."

추후 상위 던전을 공략하기 위해서라도, 우연희에게 숙지시켜 둬야 할 개념이 있다.

바로 방어막.

"상위 던전으로 갈수록 방어막을 가진 놈들이 늘어나."

그러자 우연희는 제 손을 펴 보였다.

"그래. 거기에도 있지."

그녀가 끼고 있는 그 반지에도 피해 흡수 효과가 들어 있다.

물리 피해 흡수력 1000방짜리.

"아이템에서 다뤄지는 공격력과 피해 흡수력 등은 어디까지나 방어막에 대한 것들이다. 우리가 게임 캐릭터도 아니고. 상태 창 그대로면 HP 1에 펄펄 뛰어다니다가 0 되면 언제 그랬냐는 듯 죽어 버리게?"

"하지만 선후야. 방어막이 일반화된다면……."

나는 고개를 끄덕였다.

"그때부터는 컴퓨터 게임과 비슷해지는 면이 많아지긴 하지."

일단 우연희는 여기까지만 알아 두면 된다.

구태여 각성자들 간의 대결까지 이야기를 확장시키지 않았다.

방어막이 전부는 아니었다.

최상위 각성자들 간의 대결은 서로의 방어막이 다 깎인 이후부터가 진짜였다.

아직은 먼 얘기.

*　　*　　*

다른 대륙의 던전들도 공평하게 다뤄 줘야 했기 때문이기도 하지만, 가장 큰 이유는 검정고시 때문이었다.

시험을 이틀 앞두고 서울로 돌아왔다. 부모님께 드릴 선물을 한 보따리 싸 들고.

〈 들어왔어요. 지금 공항이에요. 〉

〈 도착 시간이라도 말해 줬으면 얼마나 좋아. 이를 어째. 반찬거리 하나 없는데. 아들, 지금 집으로 오지? 밥 못 먹었지? 〉

〈 기내식 잘 나오던데요? 〉

〈 그게 어디 엄마가 해 주는 것과 같니? 네 아버지에게
는 연락드렸고? 〉

〈 지금 드려야죠. 들어가서 뵐게요. 〉

"왜."

"우리 리더는 참 효자라서."

다행히 우연희는 부러운 시선을 보일지언정, 표정이 어
둡지는 않았다.

근 넉 달 만에 돌아온 고향이었다. 직전의 상공 위에서
즐거운 소식을 하나 접하기도 했다.

우리나라가 드디어 IMF 체제에서 벗어난 것이다. 기존
의 역사대로였다면 내년도 8월 말에나 가능했던 것이 매우
앞당겨졌다.

우연희와 다시 만난 건, 검정고시를 치른 그날 저녁 사무
실에서였다.

그녀는 치마를 입고 왔다.

치맛자락을 상당히 들어 올리며 자랑스럽게 말했다.

"공방에서 제대로 맞췄어."

단검집과 허벅지 고정 끈이 가죽으로만 되어 있었다.

"속옷 보인다. 부끄러운 줄 알아야지."

"아!"

우연희가 황급히 치마를 추스르며 허둥지둥댔다.

"이리 와 봐."

준비하고 있던 것을 내밀었다.

「외화 양도성 예금증서 (무기명식)

만기 지급액: USD 20,000,000

기간: 1년

만기일: 2001년 4월 7일

위의 금액을 상기 조건과 해당 약관 및 뒷면 특약
에 따라 만기일 이 증서를 상환하여 소지인에게 지
급하겠습니다.

2000년 4월 7일

주식회사 대민은행 」

"이게 뭐야?"

"무기명 채권이라고 들어는 봤을 거다."

"이게 그거야?"

우연희는 고급 아이템을 보는 듯한 눈으로 증서를 바라
보았다.

"던전 진입 5억, 생환 성공금 5억. 던전 하나당 10억.

25개 던전을 완료했지만 나 혼자 들어갔다 나온 2개는 빼고 계산했다. 뭐해. 안 가져가고."

"선, 선후야?"

"멍청하게 1년까지 기다려서 증여세 물지 말고. 필요한 때에 유통 시장에 팔아. 자문 회계사에서 가져가면 친절히 알려 줄 거다. 오늘은 이거 때문에 오라 했어. 이제 가 봐도 돼."

그때부터 우연희는 카지노에서처럼 굴었다.

만, 십만, 백만 달러 칩들을 두고 무던히도 떨어 댔던 손이 이번에는 증서로 향했다. 그러나 마지막 순간에 꼭 불에 덴 것처럼 손을 떼는 것이었다.

"왠지…… 범죄를 저지르는 기분이야. 잡혀가는 거 아니지?"

"몬스터는 쥐 잡듯 잡던 녀석이 겁은."

"이게 더 겁나. 자그마치 이천만 달러야. 이…… 천만 달러……."

"탈 날 일 없고."

우연희의 손에 증서를 직접 쥐여 주며 마저 말했다.

"1주 후에 일본으로 갈 테니까 그렇게 알고 있……."

그때. 핸드폰이 울렸다.

　　　　*　　　*　　　*

　　조나단은 키보드를 강하게 두드렸다. 선후는 꾸준히 메
일을 확인했지만 정작 답장이 없었다.

　　너무나 연락이 닿지 않아, 직접 선후의 서울 사무실로 올
마이티를 보낸 적도 있었다.

　　조나단은 머리를 신경질적으로 헝클어 대다가 바깥에 대
고 외쳤다.

　　"브라이언 올려 보내."

　　선후의 시안대로 일이 착착 돌아가는 게 오히려 문제였
다.

　　텍사스 주지사가 공화당의 대선 후보로 확정됐고, 석유
시장은 횡보 중이었으며 닷컴 버블 충격으로 연방준비제도
(FED)에서 기준 금리를 인하했다.

　　선후의 장기 시안은 정말로 디테일했다.

　　단기 시안도 집중적으로 지분을 매입해야 할 기업들을
정확히 찍어 놨다.

　　주식 시장에 풀린 지분을 다시 사들이는 것이야 어려운
일이 아니다.

　　그런데.

　　장기 시안의 수익률을 극대화하기 위해.

김청수가 그에게 꾸준히 제안하고 있는 일이 있었다.

조나단은 그것 때문에 골머리가 아팠다.

김청수가 들어왔다.

"그게 필요하다는 건 인정합니다."

조나단이 말했다.

"은행업 말이로군요."

"꼭 은행업으로 사업 영역을 확장시키지 않아도, 우리 안에서 해결할 수 없겠습니까?"

"기대치를 낮추면 가능합니다."

"낮추지 말고요."

선후의 시안은 완벽하다.

그렇다면 거기서 최선을 만들어 내는 게 바로 자신의 몫 아닌가.

"말씀드렸다시피, 향후 부동산 시장을 매우 긍정적으로 바라보고 계신다면 은행업으로 진출해야 됩니다. 우리 그룹은 모기지론 상품을 만들 수 없어요. 아시잖아요. 조나단."

김청수의 표정도 썩 좋지만은 않았다. 똑같은 회의만 수차례였다.

"솔직히 말씀드리죠. 조나단이 왜 망설이고 있는지 이해가 되지 않습니다. 우리 그룹의 자본 규모로 봤을 때, 은행업으로 진출해서 얻을 득(得)에 비해 실(失)은 티끌 정도입니다."

김청수는 조나단의 표정을 살폈다.

'거봐. 당신도 간절히 원하고 있잖아.'

그는 조금 더 강하게 나가기로 마음먹었다.

"조나단. 우리 그룹은 무슨 일이 있어도 은행업으로 진출해야 됩니다."

김청수는 지난번 회의에서 보여 줬던 보고서를 또 펼쳤다.

은행업으로 진출한 이후에 만들어 낼, 모기지론 상품들에 대한 것이었다.

하나의 상품이 수십 개의 상품으로 파생되고, 그것들이 또 뭉쳐서 또 하나의 상품을 만들어 내며, 거기에서 수십 개의 상품이 다시 파생되는…….

금융 공학의 마법이었다.

물론 김청수 혼자만의 작품은 아니다. 하지만 오로지 일에만 매달려 선두 지휘해 왔던 그였기에, 거기에 대한 애정이 굉장했다.

"꼭 진행해야 합니다. 은행, 보험사, 대부업체 모두가 이 시장에 뛰어들고 나면 늦습니다. 우리 그룹이 선도해야 합니다. 조나단."

"문제는…… 알겠습니다. 다시 검토해 보죠."

김청수가 나간 뒤.

조나단은 김청수의 보고서를 제 앞쪽으로 끌어당겼다.

몇 번이나 봤던 보고서지만 질리지가 않는다. 거기에는 엄청난 돈들이 굴러다니고 있었다. 무엇보다 매혹적인 점은 리스크가 거의 없다는 것이다.

부동산 거품이 터져 버리기 전에 발을 뺀다면!

"후."

문득 조나단은 소름이 돋았다. 아직 일어나지도 않은 부동산 호황과 그 붕괴를 생각하고 있는, 자신에 대해서 말이다.

조나단의 시선이 전화기로 향했다.

"제발 받아라. 썬."

뚜— 뚜—

〈 여보세요? 〉

조나단은 순간적으로 자리를 박찼다.

〈 아…… 회, 회, 회……. 〉

갑자기 말이 제대로 나오지 않았다. 조나단은 물부터 마시고 다시 입술을 뗐다.

〈 회신 언제 보낼 거야? 〉

〈 은행업? 〉

〈 그래! 〉

〈 회신이 없다면 보류라는 뜻인 거다. 당국과 다퉜던 게 얼마 되지도 않았어. 〉

백악관에서 꾸준히 경고해 왔었다. 아니, 아예 빨간 딱지를 가슴에 붙여 버린 것과 같았다.

'조나단 투자 금융 그룹은 은행업에 진출하지 마!' 라고 하는.

그 때문에 김청수의 손을 들어 주지 못했던 거다.

〈 그렇긴 한데. 금융 돼지 새끼들에게 이 기회를 뺏길 수는 없어. 〉

〈 조바심이 일겠지. 그래도 기다려.〉

〈 언제쯤이 될까? 〉

〈 누구도 우리에게 신경 쓸 수 없을 때까지. 〉

〈 뭔가 더 있는 거지? 〉

〈 서면은 물론 회선 상으로도 할 수 있는 얘기가 아니야. 나중에 자연히 알게 될 테니까, 너는 나만 믿고 기다리기만 해. 단기 시안 건들은 어떻게 되고 있어? 〉

〈 매집 들어갔다. 최대 낙폭된 것들을 시작으로. 〉

〈 좋아. 긁어 올 수 있는 한도 끝까지, 다 긁어 와야 한다. 장기 시안은 시간을 가지고 준비하라고 보낸 거란 거 잊지 마, 지금은 단기 시안에 집중해. 〉

조나단의 뇌리로 IT, 미디어, 통신 기업의 이름들이 빠르게 스쳤다.

〈 그리고 조나단. 네가 거기에서 잘해 준다면, 우리 그룹은 제국으로 불리기에 마땅해질 거다. 열심히 해 봐. 〉

제국을 말하면서도 차분한 어투였기 때문일까. 그래서 더 조나단은 눈앞이 아찔했다. 최근 김청수의 성화 때문에 잊고 있었다.

닷컴 붕괴 이후 그룹이 어디까지 성장하게 될지를 말이다.

조나단은 선후와의 통화를 끊은 뒤 의자 깊숙이 몸을 맡겼다.

계속 생각하건대.

선후는 북미의 몇 개 시장을 손에 넣는 것으로 만족할 녀석이 아니었다.

놀랍게도 선후는 언제나 그래 왔다. 이제는 확신할 수 있었다.

전설처럼 취급되지만 현존하는 가문.

막후에서 전 세계를 한 손 위에 굴리고 있는 가문.

"제국은 무슨…… 네가 얻고자 하는 것은 로트실트 가문 이상의 힘이잖아."

실로 무서운 녀석이다.

선후는…….

*　　*　　*

닷컴 버블은 지구상에 존재하는 모든 것, 그러니까 모래알 하나까지 IP주소를 만들 기세였다.

그러했던 과열이 꺼져 버린 뒤의 말로는 당연히 참혹했고, 우리나라 같은 경우에는 더 심할 수밖에 없었다.

기존의 역사보다 1년을 앞서 IMF 체제에서 벗어났으나 이미 우리나라 사회에는 온갖 병마(病魔)가 뿌리내린 뒤였다.

소중한 퇴직금을 주식에 쏟아부었다가 하층민으로 전락한 집안은 물론.

대량의 실업자에 가게 문을 닫는 민간의 자영업자들 또한 수도 없이 많았다.

닷컴 버블로 잠깐 반짝였던 경제가 다시 꼬꾸라진 것은 두말하면 잔소리.

안타까운 이혼 가정이 늘어나고, 비정규직들이 본격적으로 양산되는 중이다.

바야흐로 흙수저 세대가 탄생하고 있는 이 시절에…….

나는 여전히 던전 안이다.

휘잉—

방문을 박차자마자 언월도를 휘둘렀다.

도기(刀氣)와 같았다.

언월도에서 뻗쳐 나간 뇌력이 실내를 휩쓴다. 그 뒤에 남은 것이라곤 산산조각으로 찢겨져 버린 살점들뿐.

정확히 서른두 마리였던 졸개들이 비명에 갔다.

퍼런 줄기들이 허공과 바닥에서 계속 튀어 대며 살점들을 태워 대고 있었다.

마석들이 아무렇게나 굴러다녔다. 그것만이 여기에 졸개들이 존재했었다는 유일한 흔적이 되었다. 순식간이었다.

클리어.

[질풍자가 발동 되었습니다.]
[민첩 등급이 변동되었습니다. 변동: C → B]

다음 통로로 넘어가는 문은 두 개.

고민할 것 없다.

아무 문으로나 향했다.

통로와 다음 방의 졸개들을 쓸어버린 다음 우연희에게 돌아갔다.

우연희는 감각을 C 등급으로 올린 이후, 더 이상은 내가 갑자기 튀어나온 것처럼 보이지 않는지 놀라는 기색 없이 말했다.

"조금만 천천히 가자."

고작 지도 때문이었다.

우연희는 전투에 참여할 여유가 사라졌다. 그녀는 내 뒤를 쫓아오며 지도를 그려 대는 것만으로도 몹시 바빴다.

"됐어."

우연희가 지도에 체크하며 말했다.

이래서 미궁형 던전은 상당히 귀찮았다. 낭비되는 시간이 많다.

오딘의 분노 지속 시간 1시간 중 10분가량이 남았을 때.

보스방에 진입했다.

보스방을 요리할 재료들은 많았다.

단순 능력치로만 상대해도.

오딘의 분노가 깃든 언월도를 휘두르기만 해도.

스킬 데비의 칼에서 파생되는 시바의 칼, 두르가의 칼, 칼리의 칼 중 무엇 하나를 선택하기만 해도.

이 방에선 아무것도 살아남을 수 없다.

보스 몬스터가 나를 손가락으로 가리키던 순간, 졸개 떼거리가 미친 듯이 달려들었다.

내 몸에서 날카로운 기운이 뻗쳐 나간 것도 그때였다. 칼날의 기운이 방해물들의 대가리들을 잘라 내며 보스 몬스터를 향해 날아갔다.

그리고.

쏴악—

보스 몬스터의 잘려진 목 단면에서 피가 폭포처럼 솟구쳐 올랐다.

마무리는 오딘의 분노가 깃든 언월도로.

빠지지직. 빠지직.

그때도 우연희와 나는 던전에 진입했던 처음과 똑같은 모습이었다. 피는 물론 땀 한 방울 셔츠를 적셔 들어온 게 없었다.

피해 흡수 수치 또한 조금도 깎이지 않았다.

일방적인 학살의 끝.

골드 박스 두 개가 연달아 열렸다.

[골드 박스가 개봉 됩니다.]

[감각을 5 획득 하였으나 취소되었습니다.]

"수고했어."

우연희가 허리에 차는 작은 가방에서 생수병을 꺼냈다.

가지고 들어온 유일한 식수였다. 통조림은 처음부터 챙기지도 않았다.

[골드 박스가 개봉 됩니다.]

[역경자를 1 획득 하였으나 취소되었습니다.]

보스전과 모든 퀘스트 완료로 띄운 골드 박스 두 개가 무효로 돌아갔다. 또였다.

이미 C 등급으로 올라선 종목에는 골드 박스가 영향을 미치지 못하기 때문이다. 골드 박스가 영향을 미칠 수 있는 한계선은 D 등급 이하의 종목까지.

현재 D 등급 이하의 종목은 개안, 차단자, 탐험자뿐이다.

나머지는 모두 C 등급.

지난 노가다의 결과물이다.

*   *   *

요원들의 시선을 받으며 땅을 밟았다.

런던 교외의 작은 야산.

[던전을 파괴 하였습니다.]

[공적을 1 획득 하였습니다.]

[공적: 213]

놀란 산새들을 뒤로하고 요원들과 차량으로 돌아왔다.

"수고들 하셨어요."

이번에도 우연희는 요원들에게 고맙다는 인사를 빼놓지 않았다. 하지만 요원들은 우연희처럼 환한 미소를 짓지 못했다. 눈으로만 화답하는 정도에 그친다.

교체돼서 들어온 신입 요원 몇은 애초에 그렇게 교육을 받았고, 처음부터 함께해 왔던 요원들은 우연희의 밝은 모습 속에 감춰진 진실을 알고 있었다.

하루에서 반나절, 반나절에서 3시간, 3시간에서 1시간 내외.

지난 1년 4개월.

우리가 초자연적인 공간에 들어갔다 나오는 시간이 줄어들 때마다, 또 몸에 묻히고 나오는 핏물이 줄어들 때마다.

그들도 깨달은 게 있었을 것이다.

더 시티(The City of London)에 도착한 후 요원들을 먼저 숙소로 돌려보냈다.

오후 1시.

"근사한 곳이네."

우연희가 말했다. 수속을 밟는 동안, 그녀는 진짜 다이아몬드를 박아 넣은 것 같은 샹들리에를 바라보고 있었다.

일반적인 레스토랑이 아니라는 것을 직감했는지, '여기 얼마짜리야?' 라는 눈빛을 보내왔다.

돈만 있다고 해서 들어올 수 있는 곳이 아니다.

상당한 연 회원비는 기본. 여기에서 요구하는 사회적 신분이 뒤따라 줘야 한다.

살롱 지배인이 우리를 프라이빗 룸으로 안내했다.

좁은 복도에는 기억의 궁전처럼 많은 문이 존재하고 있다.

그리고 각 방에서는 은행과 보험 및 증권사, 조세 피난처로 피난 온 세계 각국의 기업 임원들이 다양한 숫자를 다루고 있는 중이다.

금, 석유, 달러, 엔화, 금리, 주가 등등.

감각을 조금만 확장시켜도 그네들의 숫자가 고막을 파고들기 시작한다.

우연희를 두고 그런 이야기를 하러 온 것은 아니었다.

이런 세계가 있음을 보여 주려는 의도가 반절이었고, 나 또한 직접 확인차 들른 것이었다. 런던까지 온 김에.

"이 사람들, 로트실트 은행 사람들인 것 같아."

우연희가 벽을 눈짓하며 말했다. 그녀는 목소리가 거기까지 들릴 리가 없음에도 작게 속삭였다.

당연하다. 여기는 로트실트 가문에서 운영하는 살롱 중에 하나다.

옆 호실에는 로트실트 은행의 임직원과 런던 은행의 임직원들이 있었다. 날을 잘 잡았다. 꼭 그들을 특정해서 온 건 아니었지만.

어쨌든 수많은 담합들이 행해지는 곳이 바로 여기란 말이다.

예컨대 빌더버그 클럽의 축소판.

"로트실트가 뭐 하는 곳인지는 알고?"

"상식이잖아~"

우연희는 벽 너머의 소리에 집중한 채 눈빛을 빛냈다.

방음 장치와 도청 차단 장치가 박혀 있어도.

감각을 C 등급까지 올린 그녀에게, 민간의 벽 따원 문제 될 게 없었다.

우연희는 벽 너머의 은밀한 회의에 깊이 빠져들었다. 거기는 우연희가 던전과 몬스터를 처음 접했던 날처럼, 현실과 동떨어진 별개의 세상이었다.

나도 이들의 담합을 실제로 듣는 건 이번이 처음이었다.

이윽고 두 그룹이 합의점을 찾았다.

"그런 것 같소. 그럼 이번 분기에는 현 시세에서 9% 상승으로 끝냅시다. AP머건과 실버만 삭스와의 미팅은 우리 쪽에서 잡을 테니."

"우리는 베를린 뱅크와 미 재무부 쪽의 일정을 다시 잡아 보리다. 과연 미 재무부에서 동의해 줄지 모르겠소만."

"그리해야 할 거요."

우연희와 눈이 마주쳤다. 그녀는 너무 놀라 눈만 동그랗게 떴다.

세계의 황금 가격이 이렇게 몇 사람의 입에서만 결정된

다는 사실을, 믿을 수 없다는 눈빛이었다.

"지금 내가 뭘 들은 거지?"

"황금 카르텔들이 금 시세를 끌어올릴 생각인 것 같다. 서울에 들어가면 금 선물에 투자해. 남은 돈 많이 있을 거 잖아. 번거로우면 조나단의 투자 그룹에 맡기든지."

꿀꺽.

우연희가 침을 삼켜 넘겼다.

"이제 알겠냐? 진짜 현실은 던전보다 더 괴악해. 우리만 별세계에서 산다고 생각하지 마."

우연희는 초심을 잃을 때가 됐다.

진즉에 F 등급 던전이 따분한 일상으로 변했다.

그래서는 곤란하다.

직전의 던전을 끝으로 F 등급 던전은 더 공략할 계획이 없었다.

"저들은 구태(舊態)다. 다가올 '그 날'에 하등 도움이 되지 않는 작자들이지. 저들을 처리하는 건 내가 해. 그러니까 우연희. 넌, 네가 할 수 있는 영역에서 최선을 다해 준비하라는 거다."

조나단에게도 들려주지 못했던 포부였다.

내 이야기를 이해하지 못해도 상관없었다. 내 감정이 전해지기만 한다면.

"……."

과연 우연희의 황당해하던 표정이 천천히 가라앉기 시작
했다.

그녀는 다른 것을 묻지 않았다. 그녀가 진중해진 얼굴로
말했다.

"그렇게까지 말한다면…… 다음 던전은 상위 던전 확정
이겠네."

＊　　＊　　＊

계산은 간단하다.

모든 종목을 다음 등급으로 올리기 위해선.

> ! 16개 종목 (능력치 종목 4개, 특성 종목 8개, 스킬
> 종목 4개)
> ! 박스의 상승 평균 수치는 5.5
> ! 종목 하나당 플래티넘 박스 19개가 필요
> ! 16개 종목에 필요한 플래티넘 박스는 총합 304개

이에 플래티넘 박스에서 새로운 스킬과 인장 그리고 아
이템이 아닌, 종목 수치가 뜰 확률이 계산되어져야 한다.

! 종목 수치가 뜰 확률을 70%로 가정
! 필요한 플래티넘 박스는 435개로 늘어남
! 플래티넘 박스 하나당 13,500포
! 435 개 × 13,500포인트 = 5,872,500포

! F 등급 던전에서 얻을 수 있는 평균 포인트 5000포
! 5,872,500 포인트 ÷ 5000 포인트 = 1174.5개 던전
! 1,175개 던전에서 필요한 플래티넘 박스 435개 분
량의 포인트를 확보할 수 있음

던전 공략 시간은 1시간 내외지만, 이동 시간이나 수면 시간 등의 필요한 모든 시간을 포함시키면 던전 하나당 이틀이 걸렸다.

! 1,175개 던전 × 2일 = 2,350일 (약 6년 5개월)

그러니까 F 등급 던전만 돌아서는 6년이 넘는 세월 동안 여기에만 매진해야 필요한 만큼의 포인트를 얻을 수 있는 것이다.

그것도 먼저 B 등급으로 상승한 종목에 수치가 부여됐다

가 취소되는, '꽝'을 배제했을 때나 그런 계산이 나오는 것이다.

꽝까지 계산에 넣는다면 걸리는 기일은 걷잡을 수 없을 정도로 많아진다.

그래서 포인트를 낭비 없이 가려면 실은 플래티넘 박스가 아니라 다이아 박스로 계산되어져야 한다.

다이아 박스에서는 인장과 아이템이 뜰 확률이 줄어들기 때문에 종목 수치가 뜰 확률을 80%로 가정할 수 있고, 이 경우. 반년이 단축된다.

하지만 그것만으로도 이미 환장할 노릇이었다.

던전에만 매달릴 수 없는 처지였다.

무엇보다도 이번 년도에 세상이 바뀌는 사건이 터진다.

얼마 남지 않았다.

기존 역사에서는 9월 11일.

날짜에 변동이 있을지언정, 그 사건은 재현되고 말 것이다.

이미 82년도에 이스라엘 공군이 레바논을 폭격한 것을 시작으로, 코소보 전쟁이 있었고, 텍사스 주지사가 43대 미 대통령으로 당선되는 등 거대한 흐름에는 변함이 없기 때문이다.

오늘은 8월 11일, 지금 세계 어딘가에서는 테러 준비가 끝나 있을 것이다.

살롱에서 나가려던 그때였다.

윙. 윙. 윙—

살롱 전체에 핸드폰 소리가 울리기 시작했다. 마치 사용자의 모든 핸드폰에 똑같음 알람 시간을 설정해 놓은 듯, 일제히 일어난 일이었다.

각 호실에서 놀란 목소리들이 이어졌다.

"웬 비행기가 세계무역센터를 들이받았답니다."
"어떤 비행기가 세계무역센터와 충돌했다고 합니다."
"세계무역센터가……."

내 주머니 속의 핸드폰도 맹렬하게 울려 댔다.

〈 썬, 보고 있어? 〉

Chapter 8.

　제일 먼저 한 일은 놀라실 부모님을 안심시켜 드리는 일
이었다.

　〈 전 괜찮아요. 걱정 마세요. 지금 맨하탄에 있는 것도
아니에요. 〉

　그때 우연희가 텔레비전 소리를 줄였다. 내 통화를 방해
하지 않기 위해서였다.

　"1분 전, 현지 시각으로 오전 8시 46분. 세계무역

센터에 여객기가 충돌했습니다. 건물은 곧 짙은 연
기에 휩싸였고 치솟은 불기둥이⋯⋯."

부모님과의 통화를 끊고서 조나단에게 다시 연락했다.

〈 동결시켜 두라 했던 자금들은 손대지 않았겠지? 〉
〈 그렇긴 한데. 후! 〉
〈 선물 시장의 반응은? 〉
〈 아직은 매도세가 강하지 않아. 아니, 오히려 반등하고
있다. 〉
〈 이럴 시간 없어. 조나단. 그룹에서 진행 중이던 모든
선물 포지션들 빨리 털고 나와! 손해 보고 나와도 되니까.
할 수 있는 한 최대로. 〉
〈 손해가 클 텐데. 조금 더 두고 봐야⋯⋯ 아니다. 그렇
게 하지. 〉
〈 다시 통화하자. 〉

직전에 여객기 한 대가 세계무역센터를 들이받았던 일은
항공 사고가 아니다. 연쇄 테러 공격의 시작인 것이다.
시장은 아직 그걸 분간하지 못한다.

「 지금 즉시, 모든 포지션을 정리하십시오. 이의는
받지 않습니다. 」

똑같은 문자를 세 사람에게 전송했다.

우리와 같은 지역에 있는 질리언, 인근 맨 섬에 틀어박혀
있는 제시카. 그리고 최근에 맨 섬에서 독립시켰던 다니엘.

그러고 나서 시간을 확인했다.

뉴욕 현지 시간으로 8시 48분.

초창기 역경자의 지속 시간처럼, 앞으로의 오 분이 중요
했다.

날짜가 9월 11일에서 8월 11일로 앞당겨졌어도 공격이
시작된 시간은 동일하기 때문이다. 항공편 시간에 따라 계
획된 공격이었기에, 1차 공격 이후 2차 공격이 바로 5분 후
에 일어난다.

그제야 세계는 이 사건이 항공 사고가 아니라 테러 공격
임을 확신하게 되는 것이다.

실버만 삭스의 중개인에게 전화를 걸었다. 수많은 유령
회사 중 내가 따로 운용하고 있는 선물 계좌의 주문을 받아
주고 있는 자다.

거기에 들어가 있는 자금이 30억 달러.

결코 적은 금액이 아니다.

〈 에단입니다. 〉

〈 에단도 소식을 접하셨군요. 지금 장세가 보합으로 돌아서긴 했습니다만, 서둘러 정리하시기보다는 조금 더 관망하셨으면 합니다. 〉

〈 무조건 포지션을 정리해 주십시오. 〉

〈 긴급 처분하는 동안 손실이 발생될 수밖에 없습니다. 보통 자금이 아니지 않습니까. 다시 한번 생각해 보시는 게 어떻겠습니까? 〉

〈 두말하지 않겠습니다. 매도 치세요. 〉

〈 ……그러죠. 저는 분명히 말씀드렸습니다. 〉

현재 시각 8시 49분.

조나단은 여전히 통화 중이다.

9.11 테러, 아니 이제는 8.11 테러로 바뀌어 버린 이 사건 직후.

미 정부에서는 모든 자금을 추적하기 시작한다.

그래서 그룹에 동결시킨 자금을 최소화했다.

베팅을 크게 걸면 재산을 불릴 수 있는 절호의 기회로 보일 수도 있겠지만, 이 사건은 절대 이용하지 말아야 할 사건이었다.

큰 손실이 빤히 보이는데도 말이다.

그런 일이 있었다.

네 명의 대학생으로 이루어진 아마추어 그룹이 그동안 해 왔던 방식대로 투자를 한 것에 불과했는데, 마침 9.11이 터진 그 날, 그들은 잭팟을 거머쥐었다.

하지만 아마추어 그룹의 엄청났던 행운은 점점 불행으로 변해 갔다.

미 당국이 조사에 착수한 것이다.

조사 대상은 그룹원 네 명뿐만이 아니라 가족과 친지들까지 확대돼서, 한때 인권 문제까지 불거졌지만 미 당국에서는 새로 제정한 애국법을 내세워 그들을 심하게 몰아붙였다.

맞다.

그룹원 네 명 중에 아랍인 대학생 한 명이 포함되어 있기 때문이었다.

나라고 예외는 아닐 것이다. 백악관의 관심이 우리 그룹에 쏠려 있기 때문이기도 하지만 내 국적 때문에라도 더 그랬다.

북한의 정식 영문 명칭은 Democratic People's Republic of Korea, 간략하게는 North Korea로도 불리지만.

어쨌든 내 국적의 Korea와 엮여 있다.

미 당국에게는 북한도 요주의 국가 중에 하나.

미 당국은 이번 사건에 아랍뿐만 아니라 모든 가능성을 염두에 두고 일을 속행한다.

그들은 곧 내가 남한 사람인지 북한 사람인지 따위는 상관없을 만큼 눈깔이 돌아 버릴 거다. 광분한 혈안을 띄고서.

그리고 그러한 모든 이유를 떠나서도, 이 사건은 미국의 역린(逆鱗)이다.

어떤 그룹에서든 투자 방식에서 의심스러운 냄새가 풍긴다면…….

조그마한 꼬투리로도 그룹 전체에 대한 감찰이 시작될 일이었다.

9시 2분.

핸드폰이 울렸다.

조나단이다.

〈 시장 전체가 강력한 매도세로 전환됐어. 런던과 맨 섬의 자금으로 추정되는데, 문제는 시장 참가자들도 우리를 따라 하기 시작했다는 거다. 〉

〈 잠깐. 회선 어디 꺼 쓰고 있어? 〉

〈 BT&T(Bell Telephone&Telegraph). 〉

그럼 됐다.

대주주 권한까지 확보한 곳이다.

기업 내 미 당국의 감청 요구에도 거부권을 행사할 수 있을 정도의 힘이 내게 있다.

"선후야!"

그때 조용히 있던 우연희에게서 큰 목소리가 터져 나왔다.

동시에 핸드폰 너머에서도 조나단이 외친 목소리가 따끔하게 울렸다.

〈 씨발(Holy Shit)! 〉

더럽게 우아하기만 했던 살롱이 순식간에 난잡해졌다.

각 호실의 손님들이 건물에 화재가 난 것처럼 뛰쳐나가기 시작했다.

비단 감각을 확장시키지 않더라도, 복도 쪽에서 살롱 손님들이 핸드폰에 대고 외쳐 대는 소리가 두꺼운 문을 뚫고 귀에 박혀 올 정도였다.

그때는 두 번째 여객기가 나머지 빌딩에 또다시 충돌한

시점이었다.

텔레비전 속 안에서 검은 연기가 피어오른다. 리포터의 목소리는 충격과 공포로 떨리고 있다. 저기는 아비규환의 현장이다.

마치 시작의 날처럼.

"하나 더 충돌했어! 설마…… 각성자들이야?"

우연희는 그 생각부터 들었던 모양이다.

그렇게 생각해도 무리는 아니다.

현실에서 일어날 수 없다고 여겨졌던 일이 일어나고 있으니까.

〈 일단 직원들부터 다 내보내야겠어! 〉

그 말을 끝으로 조나단과의 연결이 뚝 끊겼다.

다시 걸어도 받질 않는다.

* * *

세계 금융의 양대 산맥.

뉴욕의 월가, 런던의 시티.

뉴욕이 공격받고 있지만 시티의 거리도 충격에 휩싸이긴

마찬가지.

얌전히 걷고 있는 사람이 없었다. 모두 핸드폰을 귀에 댄 채 뛰어다니면서 전쟁이 일어난 것처럼 굴고 있다. 하긴 전쟁과 다른 게 아니다.

테러 집단이 뉴욕의 세계무역센터를 공격한 일은, 전 금융 세계를 공격한 것과 조금도 다르지 않았다.

이는 전쟁이 터진 것과 똑같은 충격이었다. 가뜩이나 런던은 뉴욕과는 달리 주식 시장이 개장되어 있는 시간이었다.

"넌 숙소에 들어가 있어."

우연희에게 말했다.

그길로 질리언 투자 그룹이 있는 빌딩으로 직행했다. 거기에서 온전한 사람은 안내원인 여자뿐.

"질리언 투자 금융 그룹의 대표에게 에단이 찾아왔다고 전해 주십시오."

"죄송하지만 지금은 만나실 수 없습니다. 미팅이 잡혀 있어도 양해 부탁드립니다."

나 외에도 손님들이 많았다.

뱅크런(Bank Run : 대규모 예금 인출 사태)에 가까웠다. 빌딩 1층에 위치한 더 시티 그룹의 은행에 몰려든 사람들이다.

"큰돈이 달린 일입니다. 어서요!"

안내원은 내선 전화를 들었다. 그러나 당연히 연결될 리가 없었다.

로비 경비원이 직접 올라갔다 온 후에야 허락이 떨어졌다.

온갖 전화벨 소리로 시끄러웠다.

전 직원들이 전화와 키보드를 붙잡은 채 두 눈을 부릅뜨고 있었다.

질리언도 다르지 않았다. 그는 사무실 문밖으로 몸을 걸치며 나를 기다리고 있는 동안에도, 핸드폰에 대고 입술을 쉴 새 없이 움직이는 중이었다.

우리는 눈빛으로만 인사를 주고받았다.

한참 후였다.

질리언이 핸드폰을 접으며 사무실로 들어왔다.

"미안합니다. 런던에 있었습니까?"

그때에도 핸드폰이 다시 울리기 시작했지만, 질리언은 그것을 아예 포켓 속에 집어넣었다.

"메시지는 받았습니까?"

"예. 테러 공격이 확실시되기까지, 모든 포지션을 청산하기에는 시간이 부족했습니다. 그래도 상당 부분 정리할 수는 있었습니다. 막대한 손실로 이어질 뻔했습니다."

질리언이 침통한 표정으로 말했다.

"우리 디렉팅 부서에서도 이번 사건은 예측할 수 없었습니다."

"이해합니다. 이건…… 정말 재앙이 따로 없군요."

"그렇죠. 천재지변과 다르지 않습니다. 그래서 이번 일에 대한 손실 책임은 묻지 않을 겁니다. 애초에 시안에 들어가 있지도 않은 일이었습니다. 중요한 건 지금부터입니다."

질리언은 하려던 말을 멈췄다.

그도 모를 리가 없었다.

위기는 곧 기회다.

"장기 시안에서 예측했던 미 금리 인하에, 가속도가 붙게 될 겁니다. 또한 이번 사건으로 미 대통령은 이라크 전쟁에 명분을 부여하는 게 너무도 쉬운 일이 됐습니다. 질리언이라면 일이 어떻게 돌아갈지 빤히 보이겠지요? 지금부터 그 얘기를 해 봅시다. 바깥의 소란은 직원들에게 맡기시고."

질리언은 직원들에게 지시 사안을 정확하게 내린 후, 사무실 블라인드를 치고 돌아왔다.

하지만 그는 회의에 제대로 집중하지 못했다.

내 불찰이었다.

질리언은 영국 태생이지만 한때 월가인으로 살았던 사람이다.

그의 친구들이 뉴욕에 많이 거주할 것이다.

"지인들이 안전한지 확인해 보세요. 얘기는 그 다음에 진행합시다."

그러나 통화가 쉽사리 닿지 않는지라, 질리언은 지인들의 생사를 확인하는 데 상당한 시간이 걸렸다.

그러는 동안.

쾅!

세 번째 여객기가 펜타곤을 강타했다.

쾅!

세계 무역 센터 빌딩 하나가 붕괴됐다.

쾅!

네 번째 여객기가 피츠버그의 맨땅에 추락했다.

"됐습니다. 모두 안전하답니다. 기다려 주셔서 감사합니다."

질리언이 안도의 한숨을 내쉬었다.

회의를 재개했다.

대체로 질리언이 이후 계획을 설명하는 식으로 진행됐다. 당장은 장기 시안에 입각하여 석유 시장과 부동산 시장의 부흥에 대한 것까지.

질리언의 계획은 흠잡을 구석이 없었다. 그는 내가 바라는 점들을 정확하게 집어냈다.

불행한 사건이지만 장기 시안의 계산에 힘을 실어 준 사건임에는 틀림없었다.

그날 저녁.

우연희에게 돌아가는 동안 항공사에서 문자 하나가 날아왔다.

서울로 돌아갈 비행 편이 취소됐다는 것인데.

그럴 수밖에.

세계가 바뀐 날이 아니던가.

나와 우연희가 탈 비행기뿐만 아니라, 어느 비행기도 상공을 날 수 없는 날이다.

*   *   *

작년 00년 미 대선은 부정 선거 의혹이 짙었다.

법원의 결정에 의해 마지못해 대통령 자리를 넘겨줘야만 했던 민주당 대선 후보가, 지금은 현 대통령을 총사령관이라 부르며 국민적 단결을 호소하고 있었다.

북한도 황급히 성명문을 발표했다.

「 지극히 유감스럽고 비극적인 이번 사건은 테러
의 심각성을 다시 한번 상기시켜 주고 있다. 유엔 성
원국으로서 온갖 형태의 테러와 그에 대한 어떠한
지원도 반대하는 우리 공화국의 입장에는 변함이 없
다. 」

말 한번 잘못하면.

북한뿐만 아니라 우리나라까지 세트로, 한반도 전체가
전화(戰火)에 휩싸였을 것이다.

뉴욕의 금융 시스템은 진즉 마비됐다. 증권 거래소가 폐
장됐으며, 뉴욕 시장까지 방송에 나와 시민들에게 출근하
지 말라고 권고했다.

이번 테러 사건은 기원전(BC)과 기원후(AD)를 가르는 것
만큼의 역사적 기점이다.

말했던가.

시작의 날과 동일한 혹은 그 이상의 충격이었다고?

테러 집단의 감행 일자가 한 달 일찍 앞당겨진 까닭은 모
른다.

그래도 분명한 건 이 전대미문의 사건 이후에 벌어질 일
들이다.

서둘러서 거둬야 할 것들이 있었다.

내 돈 말고.

남의 돈.

원래 남의 돈이 더 맛난 법이지.

런던에서 처리할 수 있는 일들을 시작했다. 다시 방문한 질리언의 사무실은 여전히 폭격을 맞은 듯 정신이 없었다.

질리언이 명단을 가져왔다. 그룹 휘하의 헤지 펀드에 들어온 자금 중 오일 머니로 추정되는 투자자 목록이었다.

그중에 따로 표시가 된 명단은 당장 여기 런던에서 미팅을 잡을 수 있는 자들이다.

그들과 시간별로 약속을 잡았다.

장소는 어제 우연희에게도 보여 줬던 프라이빗 살롱.

남자는 사우디 권력가의 심복이 틀림없었다.

현 사우디 왕가의 최고 권력가는 왕위 계승 서열 1위인 왈알만 왕자.

같은 왕자라고는 하지만 서열 100위권 밑의 이 남자가, 왈알만 재단과 국영 석유 회사의 이사직을 겸직하고 있는 이유는 다른 것들로 설명되지 않는다.

그가 곧 창고지기다.

"에단입니다."

남자의 입에서 유창한 영어가 술술 나왔다.

"질리언 대표와 단둘이서 만나는 줄 알았소만?"

그는 나를 불청객 취급했다.

아랫사람을 보는 듯한 시선이 내 전신을 훑었다.

나를 질리언 휘하의 직원이나 경호원쯤으로 대하던 무렵.

질리언이 이를 정정하고 나섰다.

"우리 그룹의 최고 주주들을 대변하고 있는 분입니다."

그제야 남자의 눈빛이 달라졌다.

런던 그룹의 사명에 질리언의 이름이 붙어 있긴 하지만, 실주인이 따로 있는 것쯤은 업계 상식이니까.

"나는 알리드요."

"이런 날에 만나 주셔서 감사합니다."

"그건 내가 할 말이오. 그렇지 않아도 한 번쯤 만나 보고 싶었는데, 반갑소. 에단."

어제 자 테러 사건으로 포문을 열었다. 그가 내 말을 받았다.

"그러게 말이오. 입장이 곤란하게 되었소. 사건이 터지자마자 천만 달러의 구호금을 전달하겠다는 의사를 표현했소. 허나 그들에게는 우리 또한 질 나쁜 테러리스트로 보였던 모양이오. 바로 거절하더군. 쯧쯧."

"그 일 때문에 만나자고 한 겁니다."

나는 질리언을 쳐다보며 물었다.

"평소 질리언 대표의 수완을 어떻게 생각해 오셨습니까?"

"최고지요. 우리는 조나단보다 질리언을 높게 평가하고 있소."

재미있게도, 그가 조나단을 언급하고 나왔다.

"조나단 그룹에는 투자금을 맡기지 않으신 모양이군요."

남자의 입가에 희미한 미소가 떠올랐다.

무슨 말 같지도 않은 소리를 하냐는 듯한 미소.

"질리언 대표의 수익률이 가장 높다는 거요."

남자는 우리의 뉴욕, 런던 그룹뿐만 아니라 다양한 곳들에 자금을 분산해 두고 있다.

아마도 수백억 달러의 자금이 이 남자의 손바닥에서 움직이고 있을 터.

"그런데 어제 일 때문이라고 한 건 무슨 말이오?"

무슨 말이긴.

앞으로 아랍계는 미국인들의 경계 대상이 된다. 그들의 주머니까지도.

때문에 사건 직후 미국 시장에서 발을 빼는 아랍계 자금은 무려 2000억 달러 규모에 달했었다.

자본 대이동.

최대 1조 달러의 아랍계 투자 자금이 미국 시장에 들어와 있다는 게 내 결론이다.

그리고 이 남자는 그 자금들이 스위스나 다른 안전 자산으로 떠나기 전, 우리 쪽으로 물길을 바꿔 줄 시작점이 될 수 있었다.

모든 미팅을 끝냈을 때.

질리언은 감탄 어린 시선을 띠고 있었다.

지금까지의 대화 속에서 내가 억만장자들의 하수인이 아닌.

그와 같이 전문 지식을 지닌 금융인이라는 사실을 깨달은 것 같다.

내가 말했다.

"아직도 독립을 꿈꾸고 계시진 않겠지요?"

질리언은 미소만 띠었다.

그가 그룹에서 이탈할 가능성은 크게 줄어들었다. 이 일이 잘 성사된다면 더욱 줄어들 것이다.

북미 시장에 들어가 있던 오일 머니가 질리언의 그룹으로 흘러가는 순간, 런던의 그룹은 조나단 투자 금융 그룹보다 자본 규모가 커지게 될 것이다.

세계 제일의 자산 운용사 순위가 일순간에 뒤바뀌는 것.

그 막대한 금력(金力)을 누가 거부할 수 있을까?

*　　　*　　　*

질리언은 영업 부서에 상당한 힘을 실어 왔었다. 휴일에는 그도 직접 억만장자들과 간담을 가져 그들의 돈을 유치해 왔다.

왜? 조나단 그룹을 밟고 업계 1위로 올라서기 위해서였다.

"음……."

질리언은 선후가 멀어지는 모습에서 눈을 떼지 못했다.

아직 일이 성사된 건 아니지만.

질리언이 지금껏 애써 왔던 일을 그가 단 하루 만에 궤도권 안으로 끌어올린 것이었다.

'테러 사건이 터지자마자 미국 내 오일 머니부터 빼 올 생각을 해?'

처음에는 그 신속함에 놀랐고, 다음에는 그 대담함에 치가 떨렸고, 마지막으로는 정세를 살피는 식견에 감탄했다.

마치 투자 시안을 받았을 때와 같은 기분이었다.

본인이 한 것이라곤 얼굴 마담이 되어 입 닥치고 앉아 있는 것밖에 없었다.

뚝.

마침내 질리언은 머릿속에서 선 하나가 끊겨 버린 느낌을 받았다.

정신을 차렸을 때는 이미 상대방과 통화 연결이 끝나 있었다.

〈 말씀하십시오. 〉
〈 나요. 질리언. 어떻게 되고 있소? 〉

본래는 그룹의 실주인들에게 관심이 없었다.

어차피 적당한 시기에 투자금을 받아서 독립할 생각만 해 왔었다.

하지만 상황이 바뀌었다.

독립은 옛말이 됐다.

그걸 인정했던 작년, 질리언은 민간 조사 업체에 그룹의 실주인들을 추적하는 일을 맡겼다.

초창기 맨 섬에 자금이 들어왔던 경로와 다섯 대주주들의 사명을 제공했다.

물론 어려운 일이었다.

〈 그 건 때문에 연락드리려던 참입니다. 〉

〈 테러 사건 때문이오? 〉

〈 그렇습니다. 파나마와 케이맨 제도에서의 활동이 전부 막혀 버렸습니다. 한데 문제는 이게 하루 이틀에 끝날 것 같지도 않고, 아메리카 대륙 너머의 다른 조세 피난처들 또한 머지않아 비슷한 처지가 될 거라는 데에 있습니다. 〉

〈 그러게 서둘러 달라 하지 않았소? 지난 1년간 대체 뭘 했던 거요? 〉

질리언은 화를 내면서도 머릿속으로는 이미 납득하고 있었다.

전 대륙의 조세 피난처들을 뫼비우스 띠처럼 돌고 있는 유령 회사를 쫓는 일은, 실제 유령을 쫓는 일과 크게 다르지 않다.

예컨대 투자 금융 그룹의 전신이었던 맨 섬의 투자 회사만 하여도.

파나마의 회사를 케이맨에 소재한 다른 회사에 덧대고, 이를 다시 맨 섬에 설립한 비밀 회사에 결합시켜 놓았던 것이었다. 하물며 그룹의 주인들은 그러한 과정을 몇 사이클이나 돌려 대며 자신들의 정체를 숨기고 있었다.

〈 대표님의 의뢰뿐만 아니라 우리가 다루고 있던 거의

모든 의뢰가 전면 중단된 상태입니다. 다른 업체의 사정
도…… 다르지 않습니다. 〉

핸드폰 너머의 상대가 질리언에게 쩔쩔맸다.

〈 하면 한 사람을 추적해 보시오. 에단이라는 가명을 쓰
고, 현재 런던에 들어와 있소. 외모는 20대 초반의 동양 남
성. 키는 182 정도. 80kg쯤으로 보이는 단단한 체격. 사진
은 사무실에 들어가는 대로 cctv에 찍힌 걸 확대해서 보내
주겠소. 〉
〈 지금 바로 착수하겠습니다. 〉
〈 이번에는 날, 실망시키지 말아야 할 거요. 〉

어느새 그룹에서 운영하는 자산 규모가 6천억 달러에 달
했다.
그중에서 반절인 3천억 달러가 그룹의 순 재산이었다.
그게 끝이 아니다.
그룹의 실주인들은 맨 섬에 두 개의 투자 회사를 더 소유
하고 있었다.
제시카 쪽에 1500억.
다니엘 쪽에 500억.

그것만으로도 실주인들의 재산은 5천억 달러까지 늘어
난다.

유입된 연기금과 억만장자들의 자금은 3천억.

거기에 오일 머니까지 유입된다면?

그래서였다.

'적어도…… 어떤 자들의 돈인지는 알아 둬야 한다. 적
어도.'

질리언은 엄청난 음모에 휘말린 기분이었다. 진실이 무
엇이든, 실주인들이 손아귀에 쥐여 준 돈은 어떤 음모든 만
들어 낼 수 있었다. 1조 달러는 그만큼이나 엄청난 자본이
다.

그리고 그 중심에서는 한 사람이 있었다.

'에단.'

자신을 월가에서 고향으로 데려온 자.

그가 시작이었다.

질리언은 아랍의 거물들을 능숙하게 다루던 에단을 떠올
리며 또다시 치를 떨었다.

'설마…… 아니지. 말도 안 되는 얘기야. 투자 시안은 방
대한 정보의 결과물이다. 한 사람의 머릿속에서 나올 수 있
는 게 아니야.'

질리언은 고개를 저으며 사무실에 들어갔다.

그 순간 바로 굳어 버렸다.

직전에 헤어졌던 에단이 자기 사무실 책상에 앉아 자신을 기다리고 있었다.

방문객이 있다는 소리도 없었다. 마치 유령처럼 스며든 듯했다.

질리언이 놀란 기색을 감추며 말했다.

"놓고 간 게 있었습니까?"

"이 자리가 탐탁지 않으면 말씀만 하시면 됩니다. 일전에 약속했던 대로, 독립시켜 드리고 경영권도 보장해 드리겠다는 겁니다."

질리언은 아차 싶었다.

불과 십여 분 사이에 일이 어떻게 꼬여 버렸던 것일까?

"윗선에는 뭐라 보고드리면 좋겠습니까. 거기에 쓰세요."

질리언은 제 앞에 내밀어진 백지와 펜을 멍하니 쳐다보았다.

어쩐지 온몸에서 힘이 싹 빠져나간 것만 같았다.

이제 와서 하차하라고? 조나단을 꺾을 수 있는 기회가 목전에 이르렀는데?

어느새 자신은 시티의 중요 인사가 되어 있었다. 세계 금융권에서도 발언력이 IMF 총재급에 가까워졌다.

질리언은 그룹에서 떠난 자신의 모습을 생각해 봤다.

조금도 영광스럽지 않았다.

그건 고통스런 계산이었다.

"쓰세요. 거기에 쓴 대로 보고 올릴 겁니다."

질리언은 두 눈을 질끈 감았다.

펜을 들 수 없었다. 암흑 속에서 그의 자존심은 저 밑바닥까지 꺼져 버렸다.

그때 쓱쓱거리는 펜 소리가 났다.

질리언이 눈을 떴을 때에는 아무것도 없던 백지에 두 문장이 채워져 있었다.

「 질리언은 오일 머니를 유치하기에 충분한 능력을 가졌습니다. 그와의 계약 기간을 연장하고, 그의 권한을 조금 더 높였으면 합니다.」

"에단……."

"하시지 못하는 것 같아서 대신 써 드렸습니다. 제가 도화선에 불을 붙여 뒀으니, 질리언은 불이 꺼지지 않도록 꾸준히 주시하고 신경 쓰십시오. 그렇게 폭탄이 터지는 시점에 오일 머니가 쏟아져 들어올 겁니다."

그가 나간 뒤, 사무실은 적막에 휩싸였다.

질리언의 심경은 실로 참담했다.

손바닥에 얼굴을 파묻고 있던 그가 갑자기 자리를 박찼다.

질리언은 옷부터 뒤졌다. 그러고 나서 구두의 깔창을 뜯고 핸드폰도 분해했다.

하지만 어디에도 도청 장치는 없었다. 그래서 더 소름 끼치는 일이었다.

에단은 대체 어떻게 자신의 통화를 엿들었으며, 누구의 시선에도 걸리지 않고 사무실 안에 들어올 수 있었던 것일까?

*   *   *

조나단은 인적이 없어진 거리와 하늘을 번갈아 쳐다보았다.

다시는 겪고 싶지 않은 날이었다.

상공에 전투기가 날아다녔고, 다리와 터널은 모두 폐쇄됐었다.

조지 워싱턴 다리에서 막혀, 북쪽으로 27마일이나 떨어진 태판지 다리에 힘들게 도착했어도 군인들은 누구도 통과시켜 주지 않았다.

이 도시를 어떻게 탈출해야 할지 걱정했던 날이었다.

전쟁이 난다면 정말 그러할 것 같았다.

'그날 아침처럼 그냥 휩쓸려 버리겠지.'

그리고 지금.

저 멀리 세계무역센터가 있던 공간은 휑하니 비어 있다.

저길 보고 있노라면, 똑같은 물음이 계속 터져 나온다.

'썬은 알고 있었던 걸까? 말도 안 되는 일이지만…… 말이 돼.'

1년 반쯤 전에 은행업 진출을 두고 했던, 선후의 말은 현상황과 너무나 맞아떨어졌다.

선후는 말했었다.

누구도 우리에게 신경을 쓸 수 없는 날이 올 것이라고…….

지금이 바로 그때였다.

조나단은 쓸쓸한 거리를 둘러보다가 핸드폰을 열었다. 연락처에서 기업 사냥꾼, 제프리 케이의 번호를 찾았다.

〈 은행 목록 뽑아서 가져와. 사냥 가능한 알짜배기들로. 〉

*　　*　　*

테러 사건이 터진 지 나흘 뒤.

미 입국 심사관이 내 여권과 얼굴을 수없이 대조하고 있었다.

심사관의 질문 공세가 이어지고 있을 때, 한쪽에서 소란이 일었다. 자동 소총으로 무장한 공항 경찰들이 뛰어다녔다.

우연희에게는 공항의 흉흉할 분위기를 진작 일러두었다.

그럼에도 끌려가는 아랍인을 바라보는 우연희의 시선은 살짝 주눅 들어 있었다.

내 차례가 끝나고 우연희 차례였다.

이미 많은 한국인들이 입국을 거부당했다. 영어를 못하는 자들은 일단 걸러지는 것이다.

그래도 우연희의 회화 실력은 입국 심사관의 압박에 대응할 수 있을 정도로 늘어나 있었다.

우연희는 차라리 몬스터를 상대하는 게 낫겠다고 할 정도였다.

공항을 빠져나온 뒤에야 우연희가 말했다

"사람들이 잘 대응할 수 있을지 걱정돼. 그 날의 몬스터…… 말이야."

주변을 의식한 몹시 작은 목소리였다.

요원들은 이제 선팅이 짙은 승합차 안이라 할지라도 무

장을 갖출 수 없다.

우리는 곧장 화이트 워터의 훈련소로 향했다.

거기만큼은 호황이었다.

미 국무부 문장이 찍힌 차량들이 보였다.

조직을 결성할 때 괜히 여기를 고른 게 아니다.

테러 사태 이후 민간 보안 산업이 폭발적으로 성장하는데, 미 국무부와 시설 및 요원 경호 계약을 제일 먼저 체결했던 곳이 바로 여기다.

한편 국무부 관리들 외에도 자칭 애국자인 녀석들.

그러니까 기회주의자 녀석들이 훈련소에 입소하고 있었다.

중죄를 저지른 전과자들이 상당하겠지만 군 경험이 있다면, 훈련소의 경영자는 앞으로 있을 용병 수요를 예측해서 모두를 받아 주는 것 같았다.

현재 훈련소의 경영자는 조직의 임원 중 한 명이다. 존 클락의 후임병이었던 자.

그가 차 문을 열고 들어왔다.

"안녕하십니까. 에단."

얼굴에서 기름기가 넘쳐흘렀다. 퇴역 군인에서 사업가가 다 된 모습이다.

"국무부 관리는?"

"우리 직원들과 함께 시찰 중입니다. 계약 때문에 오셨습니까? 그 건은 제가 알아서 잘하고 있습니다. 걱정 마시고⋯⋯."

건방진 태도가 마음에 들지 않았다. 녀석의 선글라스부터 벗겼다.

이런 녀석에게는 정중한 태도를 보일 것도 없었다. 지금까지 훈련소를 경영해 왔기에 사업적 측면에서 중요한 이 시기에, 당장 교체할 수는 없지만.

누가 진짜 주인인지 똑똑히 새겨 둘 필요가 있었다.

[속박의 메달을 사용 하였습니다.]

녀석의 두 눈이 부릅떠졌다.

몸을 움직이려 하지만 절대 그럴 수 없다.

녀석의 눈알이 휙 돌아갔다.

승합차 안 요원들은 그의 시선을 받아 주지 않았다. 받아준 사람은 우연희가 유일했다.

그녀는 녀석이 스킬에 걸린 걸 알아차렸다.

그 이유만으로도 우연희는 칼을 빼 들었다. 우연희가 찰나에 녀석의 목에 칼을 대고 내게 눈빛으로만 물어 왔다.

무슨 일이야? 하고.

꿀꺽.

녀석의 울대뼈가 크게 움직였다.

"이름이 뭔가?"

"……대거입니다."

"코드명 말고."

"니콜라스 리입니다."

"그래. 니콜라스. 조직의 사업에 애착을 갖는 건 좋은 자
세다. 어디까지나 선을 넘지 않는 선에서."

"죄…… 송합니다."

아이템 효과를 거두자, 녀석의 중심이 앞으로 쏠렸다. 녀
석이 허리를 숙인 채로 거친 호흡을 몰아쉬었다. 그 뒤통수
에 대고 뇌까렸다.

"국무부와의 계약 때문에 온 게 아니다. 우리가 맡겼던
고양이를 찾으러 왔지."

녀석이 나간 후 우연희가 물었다.

"여기는?"

"민간 보안 업체 훈련소."

"그렇게 말하면 몰라."

"용병을 필요로 하는 곳에 제공해 주는 곳이지. 세계 어
디든."

"이런 세계도 있구나. 그런데 여기도 네 사업체였던 거야? 그 날을 위해서?"

테러 사태가 우연희에게 강한 인상을 줬던 모양이다.

시작의 날을 언급하는 일이 많아졌다.

레온이 도착할 때였다.

녀석은 전술 조끼를 입은 채 껄렁하게 걸어왔다.

한 번은 훈련소에서 도망치려다가 붙잡힌 적도 있다고 들었다. 그랬던 녀석이 이제 바로 아프가니스탄으로 떠나도 될 만큼 용병 냄새를 물씬 풍겼다.

왜 이제야 자신을 찾았냐는, 원망 가득한 눈빛이었다.

근 1년 반.

녀석은 훈련소에 감금되다시피 한 상태로 강도 높은 군사 훈련을 받아 왔다.

"하나만 묻겠습니다. 우리 조직이 테러 사건에 개입돼 있습니까?"

녀석이 미친 소리를 지껄였다.

"첫마디가 그거냐? 지금부터 누구도 테러 사건을 입에 올리지 말도록."

나는 요원들뿐만 아니라 우연희에게도 이를 주의시켰다.

"우리는 그보다 더 큰 위협과 대적하고 있다. 출발."

차가 움직이기 시작했다.

"잠, 잠깐!"

"……?"

"어디로 가는 겁니까? 무턱대고 설명도 없이."

"던전."

녀석이 뭐라 항변하려다가 우연희를 흘깃 쳐다봤다. 라스베가스에서 있었던 일이 생각난 게 틀림없었다.

우연희를 바라보는 녀석의 두 눈이 크게 확장됐다. 우연희가 빙그레 웃어 주자, 녀석의 표정은 한층 더 굳어 버렸다.

우연희가 말했다.

"부디 준비됐길."

"무슨 준비?"

"던전이라는 말을 듣고 판타지 영화를 떠올렸을지도 몰라."

"……."

그런 것 같았다.

"장담하는데 이건 공포 영화야. 그리고 앞으로는 내게도 존경을 갖춰야 할 거야. 우리가 속한 세계는 그런 곳이거든. 그렇지. 리더?"

우연희의 시선이 내게로 돌아왔다.

　　　　＊　　　＊　　　＊

　접선 지역으로 조직의 승합차가 한 대 더 도착했다. 조수
석에서 내린 요원은 믹이었다.

　벌판을 가로지르는 도로에 사람이라곤 우리뿐이었다.

　믹은 내게 인사를 한 후 트렁크를 열어 보였다.

　소형 금고가 실려 있다. 마음먹으면 누구든 부술 수 있었
겠지만 조직에는 그렇게 간이 부은 요원이 존재하지 않는
다.

　소형 금고는 북미에서 떠나기 전에 세팅해 둔 그대로였
다.

　물론 그 안에 넣어 뒀던 아이템들도 그 자리에 있었다.

　우연희는 그녀가 제일 좋아하던 무기를 되찾았다.

　D 등급짜리 죄인의 단검.

　"이거 공격력 200방짜리였어. 어쩐지 좋더라니."

　우연희는 그 외에도 현재 착용 중인 아이템보다 나은 것
을 고르기 시작했다.

　"배낭은 뒷좌석에 실어 뒀습니다."

　믹이 그렇게 말하며 레온을 쳐다보았다.

　상품의 질을 검수하는 듯한 눈빛이었다. 한편 레온도 믹
을 알아보지 못할 리가 없었다.

레온을 훈련소까지 이송시킨 게 믹이었다. 훈련소까지 가는 길에 어느 정도의 훈육이 있었다고 들었다. 말이 훈육이지 레온은 믹과 요원들에게 죽기 직전까지 두들겨 맞았을 것이다.

"당신!"

레온이 믹을 향해 곧장 걸어왔다. 믹은 찰나에 나를 쳐다보았다.

허락을 요구하는 시선이라, 나는 고개를 끄덕여 주었다.

퍼억!

믹의 주먹이 레온의 콧잔등에 제대로 꽂혔다. 레온은 무방비였다.

"아직 교육이 덜 되었군. 너는 1급 레벨이고 나는 네 상관이다. 카지노칩."

믹이 쓰러져 버린 레온을 향해 일갈했다. 레온은 코피를 닦으며 일어섰다.

"그러니까 설명을 해 주면 좀 좋습니까? 그리고 내 이름은 카지노칩이 아닙니다."

"아니. 너는 카지노칩이야. 다시 말해 봐. 네 이름이 뭐라고?"

어느새 요원들이 레온을 둘러싸고 있었다. 레온이 믹에게 달려들지 못하고, 억지로 인상을 펴야 했던 까닭은 바로 그 때문이었다.

"……카지노칩."

"정확히 하자면 그게 네 코드명인 것이지. 사회에서의 기억은 잊어라. 네 출신도 이름도 직업도. 너는 그냥 카지노칩이다."

믹은 레온이 저항하는 모습을 보이지 않자, 뒷좌석에서 배낭 하나를 꺼내 와 녀석 앞에 던졌다.

우연희와 나도 배낭을 하나씩 짊어졌다. 던전 입구를 지킬 요원들 역시 야영 물품이 든 배낭을 챙기기 시작했다.

이동 중에 우연희가 물었다.

"E 등급?"

"아니. 녀석을 시험해 봐야 돼."

"견뎌 낼 수 있을까?"

"오줌이나 지리지 않으면 다행이겠지."

"나, 그랬던가?"

나는 피식 웃었다.

"어쨌든 데려가 보면 알겠지. 두고 쓸 수 있는 녀석인지 아닌지."

"다른 각성자의 퀘스트를 확인해 볼 방법은 없어? 저 사람에게 나쁜 퀘스트가 뜬다면, 우리 곁에 둘 수 없잖아."

"그런 낌새를 보이는 순간, 저 녀석은 죽는 거다."

우연희는 녀석과 함께하기 싫다는 바를 돌려 말하고 있었다.

나도 마찬가지다.

하지만 상위 던전으로 갈수록 팀원 확충은 꼭 필요한 일이다. 지금부터라도 더 영입해 최소한의 육성을 진행시켜두는 게 맞다.

녀석은 우리와 속도를 맞춰서 요원들과 함께 걸어오고 있었다.

긴장했던 그 얼굴이 던전 입구를 직접 목격하면서 경악으로 변했다.

오로지 녀석만이 그랬다.

요원들은 늘 해 왔던 대로 작은 진영을 치고 통제와 주둔 그리고 수색팀으로 나뉘었고, 우연희는 입구 아래를 내려다보고 있었다.

"들어가서는 무조건 내 지시대로 움직여야 한다. 지시에 따르지 않는 건 네 스스로 목숨을 갉아먹는 짓이란 걸 명심해라. 지금은 와 닿지 않아도, 들어가 보면 바로 깨닫게 될 거다."

"저긴 뭐고, 우리는 무엇과 싸우는 겁니까?

"던전 그리고 몬스터."

당신들 미친 거 아니요?

순간 녀석은 그런 눈빛으로 나와 우연희를 쳐다보았다.

녀석에게는 차라리 우리가 테러리스트라는 설명이 더 받아들이기 쉬웠을지도 모른다. 아직은 각성자로서 자각이 없는 녀석이다.

녀석이란 던전 박스가, 행운일지 저주일지는 이제 곧 드러날 거다.

정신이 극에 치달았을 때 본연의 성품이 고스란히 드러나는 법이니까. 대부분은 악 성향이 크지만.

우리는 던전에 진입했다.

[퀘스트 '데클란 퇴치'가 발생 하였습니다.]

퀘스트 목록이 뜨기 시작한 순간, 우연희가 이채 띤 눈으로 나를 바라보았다.

"견줄이야."

우연희가 부쩍 즐거워진 목소리로 말했다.

〈다음 권에 계속〉